共和国故事

翻天覆地

——珠海经济特区建立与发展

陈梅芳 编写

吉林出版集团股份有限公司

图书在版编目（CIP）数据

翻天覆地：珠海经济特区建立与发展/陈梅芳编．—长春：吉林出版集团股份有限公司，2009.12
（共和国故事）
ISBN 978-7-5463-1881-3

Ⅰ.①翻… Ⅱ.①陈… Ⅲ.①纪实文学－中国－当代 Ⅳ.①I25

中国版本图书馆 CIP 数据核字（2009）第 237681 号

翻天覆地——珠海经济特区建立与发展
FAN TIAN FU DI   ZHUHAI JINGJI TEQU JIANLI YU FAZHAN

编写	陈梅芳		
责任编辑	祖航　蔡大东		
出版发行	吉林出版集团股份有限公司		
印刷	三河市嵩川印刷有限公司		
版次	2010年1月第1版		2022年1月第8次印刷
开本	710mm×1000mm　1/16		印张 8　字数 69千
书号	ISBN 978-7-5463-1881-3		定价 29.80元
社址	吉林省长春市福祉大路5788号		
电话	0431-81629968		
电子邮箱	tuzi8818@126.com		

版权所有　翻印必究
如有印装质量问题，请寄本社退换

前　言

自 1949 年 10 月 1 日中华人民共和国成立至今，新中国已走过了 60 年的风雨历程。历史是一面镜子，我们可以从多视角、多侧面对其进行解读。然而有一点是可以肯定的，那就是，半个多世纪以来，在中国共产党的领导下，中国的政治、经济、军事、外交、文化、教育、科技、社会、民生等领域，都发生了深刻的变化，中国人民站起来了，中华民族已屹立于世界民族之林。

60 年是短暂的，但这 60 年带给中国的却是极不平凡的。60 年的神州大地经历了沧桑巨变。从开国大典到 60 年国庆盛典，从经济战线上的三大战役到经济总量居世界第三位，从对农业、手工业、资本主义工商业的三大改造到社会主义市场经济体制的基本确立，从宜将剩勇追穷寇到建立了强大的国防军，从废除一切不平等条约到独立自主的和平外交政策，从"双百"方针到体制改革后的文化事业欣欣向荣，从扫除文盲到实施科教兴国战略建设新型国家，从翻身解放到实现小康社会，凡此种种，中国人民在每个领域无不留下发展的足迹，写就不朽的诗篇。

60 年的时间在历史的长河中可谓沧海一粟。其间究竟发生了些什么，怎样发生的，过程怎样，结果如何，却非人人都清楚知道的。对此，亲身经历者或可鲜活如昨，但对后来者来说却可能只是一个概念,对某段历史的记忆影像或不存在,或是模糊的。基于此,为了让年轻人,特别是青少年永远铭记共和国这段不朽的历史,我们推出了这套《共和国故事》。

《共和国故事》虽为故事,但却与戏说无关,我们不过是想借助通俗、富于感染力的文字记录这段历史。在丛书的谋篇布局上,我们尽量选取各个时代具有代表性或深具普遍意义的若干事件加以叙述,使其能反映共和国发展的全景和脉络。为了使题目的设置不至于因大而空,我们着眼于每一重大历史事件的缘起、过程、结局、时间、地点、人物等,抓住点滴和些许小事,力求通透。

历史是复杂的,事态的发展因素也是多方面的。由于叙述者的视角、文化构成不同,对事件的认知或有不足,但这不会影响我们对整个历史事件的判断和思考,至于它能否清晰地表达出我们编辑这套书的本意,那只能交给读者去评判了。

这套丛书可谓是一部书写红色记忆的读物,它对于了解共和国的历史、中国共产党的英明领导和中国人民的伟大实践都是不可或缺的。同时,这套丛书又是一套普及性读物,既针对重点阅读人群,也适宜在全民中推广。相信它必将在我国开展的全民阅读活动中发挥大的作用,成为装备中小学图书馆、农家书屋、社区书屋、机关及企事业单位职工图书室、连队图书室等的重点选择对象。

编　者
2010 年 1 月

目录

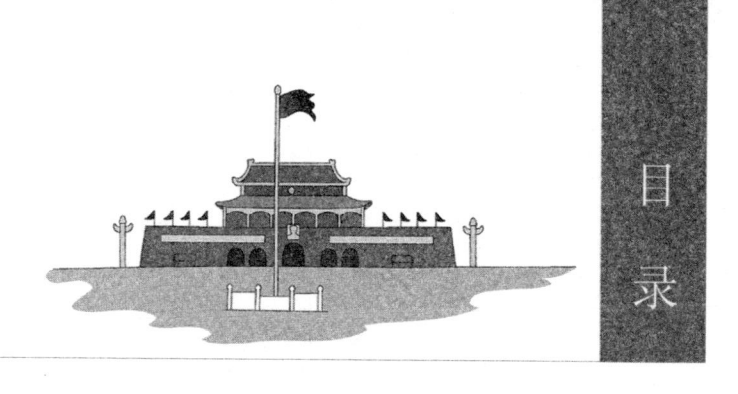

一、筹建探索

中央工作会议讨论创办经济特区/002

中央批转广东福建两省报告/005

起草创办经济特区的法规性文件/009

全国人大通过经济特区条例/014

珠海经济特区正式成立/018

二、开创基业

吴健民首任珠海市委书记/022

珠海市委开门主抓三件事/025

通过招商引资解决资金问题/027

梁广大调任珠海代市长/030

在困境中寻找解脱之道/034

珠海进入全面开发新阶段/037

热血人士投身经济特区建设/041

三、深化改革

邓小平视察珠海经济特区/046

通过贷款和税费解决资金问题/054

珠海市委着力进行体制改革/056

目录

建设珠海经济特区基础设施/059

珠海市不断优化产业结构/062

珠海经济特区各行业逐步发展/065

采取优惠政策促进横向联合/068

珠海经济特区有计划地围垦滩涂/070

杨尚昆视察珠海经济特区/073

江泽民视察珠海经济特区/076

李鹏视察珠海经济特区/081

珠海庆祝经济特区创建十周年/083

四、大力发展

中央指明珠海经济特区发展方向/088

珠海经济特区加强交通设施建设/091

兴业公司让安全玻璃走向世界/095

金鑫集团成为经济特区商界新星/102

珠海向生态文明经济特区迈进/105

跨境工业区促进两地发展/107

珠海坚持可持续发展之路/110

文化产业成为发展新空间/114

珠海走上科技创新发展之路/117

一、筹建探索

- 邓小平说：中央没有钱，可以给些政策，你们自己去搞，杀出一条血路来。

- 叶剑英对大家说：特区不是广东的特区，特区是中国的特区。

- "条例"第一条明确规定：为发展对外经济合作和技术交流，促进社会主义现代化建设，在广东省深圳、珠海、汕头三市分别划出一定区域，设置经济特区。

中央工作会议讨论创办经济特区

1977年11月,复出后的邓小平第一次外出视察,首站就选择了广东。

在广东,邓小平的眼光盯住了深圳这个和香港只有一河之隔的沿海小渔村。当年,当地农民一天的收入不过1元钱,而香港农民一天的收入为60多港元。

怎么尽快让群众富裕?怎么尽快跟上世界发展的步伐?这是邓小平苦思冥想的问题。

早在1978年4月,国家计委、外贸部派遣的经济贸易考察组赴香港、澳门进行实地考察后,就向中央建议,借鉴港澳的经验,把靠近港澳的广东宝安、珠海划为出口基地,力争经过三五年努力,在内地建设具有相当水平的对外生产基地、加工基地和吸引港澳同胞的游览区。

1978年4月,广东、福建省委向中央要求在改革开放中"先行一步",利用邻近港澳等有利条件,实行特殊政策,吸引外资、扩大出口。

1978年12月18日,党的十一届三中全会召开,把中国推向了改革开放的新时代。

1979年4月5日至28日,中共中央在北京召开中央工作会议。各省、市、自治区党委第一书记和主管经济工作的负责人以及中央党政军负责同志,参加了这次会议。

时任广东省委第一书记的习仲勋、主管经济工作的省委书记王全国和一位抓农业的省委常委，出席了这次中央工作会议。

4月7日上午，在中南组的讨论中，王全国提出："我们迫切要求进行体制改革，使地方在中央统一计划下，省、市、自治区真正有一级计划、财政、物资。"

4月10日，王全国在会议上再次发言。

在这次发言中，王全国明确提出，对开展对外经济技术交流的审批权限适当下放，对外汇分成更多地给予照顾，对资金、物资安排给予大力支持。

最后，王全国代表广东省委建议，运用国际惯例，将深圳市、珠海市和汕头市划为对外加工贸易区。

4月24日，王全国又一次发言，他明确提出关于中央与地方分权等问题。

在小组讨论结束之后，中央政治局在中南海听取各小组召集人的汇报。

在汇报开始后，广东省委提出：

我们省委讨论过，这次来开会，希望中央给点权，让广东能够充分利用自己的有利条件先走一步。

允许在毗邻港澳的深圳、珠海以及属于重要侨乡的汕头，各划出一块地方，单独进行管理，作为华侨、港澳同胞和外商的投资场所，按照国际市场的需要组织生产，初步定名为贸易合作区。

广东省委要求中央在深圳、珠海、汕头，划出一些地方实行单独的管理，作为华侨、港澳同胞和外商的投资场所。按照国际市场的需要组织生产，并初步定名为"贸易合作区"。

汇报得到了政治局委员们的普遍赞许和支持，广东可以先走一步，中央、国务院下决心，给广东搞点特殊的政策，与别的省不同一些，自主权更大一些。

在如何命名实行特殊政策的地区，是叫"自由贸易区""出口加工区"还是"投资促进区"问题上，邓小平明确指出，还是叫特区好，陕甘宁开始就叫特区嘛！他还针对特区说：中央没有钱，可以给些政策，你们自己去搞，杀出一条血路来。

中央批转广东福建两省报告

在中央工作会议后,根据各组的发言和邓小平的倡议,很快形成《关于大力发展对外贸易增加外汇收入若干问题的规定》。

"规定"在"要充分发挥广东、福建两省的有利条件"一节中指出:

> 广东、福建两省邻近港澳,华侨众多,发展对外贸易的条件十分有利。
>
> 中央规定,对这两省要采取特殊政策和灵活措施,让他们在开展对外贸易,增加外汇收入,加速发展地方经济方面有更广阔的活动余地,为国家四个现代化作出更大的贡献。

广东省委领导回到广东后,立刻成立了由王全国、曾定石牵头的起草小组,具体负责起草《汇报提纲》和《关于试办深圳、珠海、汕头出口特区的初步设想》。

1979年5月中旬,时任国务院副总理的谷牧,受中共中央和国务院的委派,带领工作组赴广东、福建考察。

谷牧此行的目的,主要是和两省党政领导干部以及专家,共同进行深入细致的调查研究,并共同起草关于对外经济活动实行特殊政策、灵活措施的文件。

谷牧在视察珠海时说：

珠海市划特区，就是为了要更开放一点，发展快一点。当然我们还是坚持社会主义道路，还是坚持国家统一领导；特区的社会主义性质不能变……但是，我们要在体制和政策上来一个大转变，特区就是要更加开放。

5月25日，经过王全国等人半个多月的反复研究，《关于发挥广东优越条件，扩大对外贸易，加快经济发展的报告》终于起草完毕。

这个报告包括以下五个方面的内容：

1. 扩大对外贸易，加快经济发展的优越条件；
2. 初步规划设想；
3. 实行新的经济管理体制；
4. 试办出口特区；
5. 切实加强党对经济工作的领导。

随后，福建也写出报告。

7月15日，中央颁发了[1979]50号文件，即《中共中央、国务院批转广东省委、福建省委关于对外经济活动实行特殊政策和灵活措施的两个报告》。

"报告"首先提出：

中央确定对两省的对外经济活动实行特殊政策和灵活措施，给地方更多的自主权，使之发挥优越条件，抓住当前有利的国际形势先走一步，把经济尽快搞上去。

"报告"决定：

广东省的深圳市、珠海市、汕头市和福建省的厦门市，各划出一定范围的区域，试办经济特区。

在特区内，在维护我国主权、执行我国法律法令等原则下，实行经济开放政策，吸引侨商、外商投资办厂，或同他们合办企业，引进先进技术，发展对外贸易。

1979年12月17日，谷牧代表中共中央、国务院，在京西宾馆主持召开广东、福建两省会议。

时任深圳市委第一书记的吴南生提出，将"出口特区"改用"经济特区"的名称较好，含义更确切。

吴南生解释说：

我们办特区的目的,绝不是像世界上一些国家和地区的出口加工区那样,单纯为了解决就业和外汇收入问题,我们的特区不仅办工业,还要办农业、科研、商贸、旅游、住宅、文化等事业。

该提议得到了邓小平的赞许。邓小平说:"叫经济特区好。"

1980年4月,谷牧与时任国家进出口委员会副主任的江泽民南下广州,主持召开广东、福建两省会议,进一步研究落实两省如何实行特殊政策和灵活措施,办好四个经济特区。

会议确定把"出口特区"改名为具有更丰富内涵的"经济特区"。

同年5月,党中央和国务院下达文件,正式定名为"经济特区"。

5月16日,中共中央、国务院批转了这次会议形成的《纪要》。这样,举办经济特区已由一年前的大致构想,开始逐步具体化。

起草创办经济特区的法规性文件

为了给开办经济特区提供一个基本的章程，国务院早在1979年8月，就委托广东省有关方面，起草关于开办特区的法规性文件。

后来，由谷牧领导的国家进出口管理委员会，进一步组织研究论证，字斟句酌，广泛征求意见，先后10多次易稿。

在1979年，谷牧带领工作组赴广东、福建考察时，曾经对吴南生讲："我们要做的第一件事，就是搞《特区法》《特区条例》。"

1979年8月，也就是在中央发出50号文件半个月后，《特区条例》的起草工作就开始了。该项工作由吴南生牵头，秦文俊和曾经做过陶铸秘书的丁励松具体负责起草工作。

很快，《特区条例》的初稿就拿出了。

然而，由于吴南生等人对外面的情况不熟悉，思想上的框框又不少，反映在条例中，总是同当时世界上办出口加工区的做法区别很大，不能体现引起吸引力的要求。

吴南生后来回忆说：

> 外面的朋友看了都摇头，说我们的条例对投资者不是"鼓励法"，而是"限制法"。

为此，《特区条例》又进行了多次修改，等到了12月京西会议的时候，已经是11次易稿了。

在起草《特区条例》时，寻找理论依据也是一个重要的工作。为此，很多专家学者做了大量的工作。

当时，关于真理标准的讨论已经结束，人们对开放问题的认识，已经有了很大程度上的提高。但是，对于办经济特区这样在社会主义发展史上开天辟地的大事，许多人还存有疑虑，乃至非议。

在这样的一种情势下，在马列著作中寻找相关言论支持特区，无疑是很有用的。对特区来说，它会是一张很管用的通行证。

于是，一批精通马列的专家学者，被集中到中共广东省委党校，一次大规模地找理论依据的工作，就此展开。

理论根据当然要在马列经典著作中去找，这对这些早已熟读马列著作的专家学者来说，并不是什么太难的事。很快，专家学者们就从《共产党宣言》中，找到了马克思关于国家土地应该有偿使用的论述。

同时，理论工作者还举出了列宁的一段关于改革的话。列宁说：

要乐于吸取外国的好东西，苏维埃＋普鲁士的管理制度＋美国人的技术和托拉斯组织＋美国的国民教育＋……的总和＝社会主义。

于是，当吴南生把列宁的这句话告诉谷牧时，谷牧非常高兴，他笑着连连说："真是太好了！解决了一个大问题！"

此后，列宁的这段话，一直反复不断地被特区人在不同的时间、地点引用和强调。

1979年12月17日，在北京京西宾馆召开的广东、福建两省工作会议上，吴南生汇报了《特区条例》起草情况。

12月下旬，广东省第五届人民代表大会第二次会议，审议并原则通过了《广东省经济特区条例》。

关于《广东省经济特区条例》的一些情况，负责起草的丁励松后来回忆说：

这个只有1000多字的法规，是从纯青的炉火中提炼出来的，可以说是字字千钧。它的艰难之处在于：

一是要不要赋予特区充分的自主权，如果不能跳出现行体制之外，特区仍被捆住手脚，开放、改革的试验势必流于空谈。

二是对海外投资者的优惠政策、待遇，如

何定得适度，如果在税收、劳务、地价等方面不比邻近的地区有更强的吸引力，人家肯定不会来。

三是因于传统观念，由于担心人们产生不必要的联想，在某些提法上不得不做字斟句酌的推敲。例如："地租"的"租"字是犯忌的，因为过去有过"租界"、地主"收租"之类的称谓。经过大家的冥思苦想，最后改叫作"土地使用费"，这在当时也是个不小的发明。

当时，开办特区遇到的争议太大，因此，《广东省经济特区条例》如果能够得到全国人大的通过，其意义是非常巨大的。

一开始，吴南生就多次对副总理谷牧建议，这个法一定得拿到全国人大去通过！

当然，吴南生的提议也遭到很多人的反对。当时，全国人大马上就有人提出异议：《广东省经济特区条例》是广东省的地方法规，要全国人大通过，无此先例。

吴南生说："特区是中国的特区，不过是在广东办。"

吴南生还说："社会主义搞特区是史无前例的，如果这个条例没有在全国人大通过，我们不敢办特区。"

同时，吴南生就此事与全国人大委员会委员长叶剑英进行了沟通。

叶剑英是支持开办特区的。为此，叶剑英在全国人

大做了很多工作,他反复地对大家说:

  特区不是广东的特区,特区是中国的特区。

  最终,《广东省经济特区条例》得到了全国人大的普遍支持。

全国人大通过经济特区条例

1980年4月8日至14日，珠海市委在前山五团招待所召开市委常委交心通气民主生活会议。

出席这次会议的有吴健民、麦庚安、甘伟光、欧培、李长青、罗知、杨其汉。列席会议的有组织部长李洲。会议由市委书记吴健民主持。

吴健民首先传达了中共中央十一届五中全会精神，与会同志认真学习了五中全会文件，联系珠海建市以来的工作实际，分别发了言，交换了意见。

14日，常委会讨论有关人事安排，甘伟光任市政府党组书记，欧培、李长青为党组副书记，并决定由李长青负责筹建特区全面工作。

1980年4月27日，中共中央副主席叶剑英从深圳来到珠海市。珠海市领导到唐家万山要塞码头迎接，并在大船客厅，汇报珠海建市以来引进外贸、对外贸易、工农渔业生产情况，以及筹建出口特区的设想。

1980年5月16日，中共中央、国务院批转《关于广东、福建两省会议纪要》，决定在广东省深圳市、珠海市、汕头市和福建省厦门市，各划一定范围的区域，试办"经济特区"。

1980年6月初，广东省委第一书记习仲勋、副省长梁威林，以及珠海市委书记吴健民等，应澳门总督邀请赴澳门访问，6月7日下午回到珠海。

6月7日20时，吴健民、麦庚安、甘伟光、李长青，在市政府原二楼会议室，向省委第一书记习仲勋、副省长梁威林汇报了珠海市工作情况。

习仲勋书记在听了珠海工作情况汇报后，讲了一些意见，首先肯定珠海建市一年多以来的工作成绩。

习仲勋说："一定要把农、工、商搞好，珠海就是特区，先搞哪里后搞哪里，这是个布局和步骤问题。公社、镇要联系起来，海岛来料加工，不要搞转弯。废品要利用，要搞绿化种树和水果业，作风要搞好，但珠海市不要把人口搞得太多，30万左右就可以了。"

6月，市委多次召开常委会议，讨论珠海特区范围，并提出三个方案：

第一方案，根据省委习仲勋书记6月7日晚在听取珠海筹建特区情况汇报后讲的意见，建议将珠海特区按市行政区域定为特区范围。

第二方案，如果认为市行政区域范围太大，岛屿多，难以管理，可以考虑以东、西两个边防检查站为界，检查站内为特区，检查站外为非特区。

第三方案，根据国家公安部、省公安厅规定，东海边银坑蛇场以南、以西，上冲以南，包括香洲、前山一部分地区，南屏、湾仔一带是国防边境线，建议以边境线为界，划为特区范围。

这三个方案，经市委常委会反复讨论，与会者各抒己见，从不同的角度，发表了不同意见。

吴健民书记最后总结提出："特区范围，从小到大，逐步扩大，现在先按大家意见，靠沿海边境范围规划为特区。"最后总结决定，根据吴健民书记意见，重新规划特区范围。

新方案从大姑他、大小草堂、石花山、板樟山、炮台山、石角咀、湾仔、西银坑，以及大、小马驷洲为特区范围，绘制成地形图，包括山脚海边沙滩在内，总面积10多平方公里。

7月8日，珠海市委再次召开市委常委会议，经常委会集体讨论，最后审定通过6.81平方公里为特区范围，上报广东省特区管理委员会审批。

1980年8月26日，全国人民代表大会五届十五次常委会议通过《广东省经济特区条例》。

"条例"第一条明确规定：

为发展对外经济合作和技术交流，促进社会主义现代化建设，在广东省深圳、珠海、汕头三市分别划出一定区域，设置经济特区。

特区鼓励外国公民、华侨、港澳同胞及其公司、企业，投资设厂或者与我方合资设厂，兴办企业和其他事业，并依法保护其资产、应得利润和其他合法权益。

《广东省经济特区条例》包括附则共 6 章 26 条，内容包括总则、注册和经营、优惠办法、劳动管理、组织管理等。

《广东省经济特区条例》的通过，向全世界宣布：社会主义中国创办了经济特区。

当时，美国《纽约时报》惊叹：

> 铁幕拉开了，中国大变革的指针正轰然鸣响。

珠海经济特区正式成立

1980年8月26日,珠海经济特区成立。从此,掀开了珠海发展崭新的一页。

1980年9月25日至30日,中共珠海市第一次代表大会召开。选举产生第一届中共珠海市委员会,委员29人,候补委员6人,吴健民当选为珠海市委书记。

10月28日,广东省经济特区管委会通知,成立广东省经济特区管委会珠海办事处。吴健民兼任珠海办事处主任。

11月24日至30日,珠海市第一届人民代表大会第一次会议召开。甘伟光当选为市人大常委会主任,吴健民当选为市长。

12月1日,政协珠海市第一届第二次会议召开,补选麦庚安为主席。随着特区领导机构成立,珠海建业的浩大工程开始了,一幅创造经济奇迹的伟大画卷拉开了。

1980年12月10日至11日,时任国务院副总理的谷牧,由国家进出口管委会副主任江泽民、中共广东省委书记吴南生陪同到珠海市,先后视察了九州港、银海新村、拱北海关、前山针织厂、对澳门供水加压站等,听取了珠海市委关于特区工作的汇报。谷牧副总理对特区工作做了指示。

12月28日,全国人大常委会副委员长杨尚昆由广东省副省长梁威林陪同,到珠海市视察。杨尚昆详细询问了珠海市旅游建设、特区建设的情况，对珠海市一年多来的工作给予肯定和鼓励。

时任珠海市副市长的谢金雄，不但参与了珠海经济特区的建立，而且见证了珠海特区的不平凡的发展历程。

谢金雄后来回忆说：

> 珠海经济特区从1980年就开始筹建，只是当时没有正式命名为经济特区，而是借用加工区等名义进行招商引资。

谢金雄说，刚开始时，特区的范围很小，都是一些海边和海岛的零碎地，总共是6.81平方公里，"地方太小，根本就成不了气候"。1983年扩大为15.16平方公里，1988年扩大到121平方公里。

在1983年年底，中央正式在珠海建立经济特区，扩大了特区的面积，随后从深圳、广州和佛山等地调来一批干部。组织架构是搭起来了，但是特区的建立和发展还面临着许多困难。

谢金雄说："珠海特区建立初期，最大困难就是资金短缺，其次是干部思想观念落后和缺少人才等问题。"

在这样的情况下，珠海市政府干部只能主动走出去，到中央要求银行扩大贷款额度，寻求海外外侨投资和帮助。同时，号召群众自力更生，艰苦奋斗，硬着头皮杀出一条"血路"，最终还是把经济特区发展起来了。

二、开创基业

- 吴健民跟大家讲：国家进入改革新时期，珠海不仅由县改为省辖市，而且可能被定为特区。大家要明白自己的责任重大。

- 文件指出：特区内允许华侨、港澳商人直接投资办厂，也允许某些外国厂商投资办厂，或同他们兴办合营企业和旅游事业。

- 回到北京后，邓小平发表重要讲话：思想要解放一些，胆子要大一些，步伐要快一些。

吴健民首任珠海市委书记

1979年1月,吴健民正式到珠海上任。当时,省委正式在内部下达《关于设立深圳市和珠海市的决定》。

从广州到珠海要过4次渡,道路状况也很差。吴健民携夫人带着一身灰尘,来到了珠海,开始了人生一段不平凡的征程。

吴健民,1921年生于广东惠来县城。1972年任广东省计委副主任,曾兼任广东省社队局局长。1979年改革开放,吴健民受任珠海第一任市委书记。

吴健民最早知道要到珠海的消息,是在1978年的9月。当时,吴健民在省计委任职。

吴健民后来回忆说:

> 在珠岛宾馆参加第四届省委常委第一次扩大会议时,省农办主任薛光军找我谈话。薛光军告诉我,中央经过调查研究,建议将宝安、珠海改为广东省辖市,作为边防城市进行外贸基地建设。大家推荐我去当珠海市第一任市委书记。

在此之前,吴健民曾在省农业厅主管过渔业工作,对珠海有一定了解。但当时中央对如何办出口基地的具体措施还不够明确。前路不平、创业多艰，面对许多需要学习的新东西。

当时，吴健民内心有不少负担，怕自己不一定干得了。于是，吴健民告诉薛光军，自己需要再考虑考虑。

1978年10月，当时主持广东工作的习仲勋约吴健民谈话。吴健民告诉习仲勋，珠海成立省辖市一切都需要重新学起，心里有点不踏实。但对于组织安排，他绝对没有抵触。接着，吴健民还谈了自己对办特区的一些具体看法。

习仲勋听了很高兴，肯定并鼓励了吴健民。

吴健民说，珠海刚刚建市时，干部主要是从佛山调来的，珠海县原有的干部也都直升上来，省里来的干部比较少。

吴健民到珠海后发现，原来珠海县的部分干部对建市的思想准备不足，不太清楚珠海建市的意义。还有些干部对建市后职务的安排有一些情绪，比如原来县的正局长，现在提升为市的副局长，当不了"一把手"就觉得不满意，患得患失。

所以，吴健民到珠海的第一件大事是召开干部大会，做干部的思想工作，让他们理解特区工作的重要性，这样干起来才能有自觉的活力。

吴健民跟大家讲：

国家进入改革新时期，珠海不仅由县改为省辖市，而且可能被定为特区。

大家要明白自己的责任重大，珍惜改革机会，而不要再计较级别高低了。

吴健民说，这种思想工作效果不错，干部的情绪好转了，认识到新珠海和老珠海不一样，自己承担的职责也不一样，开始专心于建市工作。

珠海市委开门主抓三件事

吴健民在走马上任后，开始了紧张而又繁忙的珠海特区建设工作。

经过调查研究，吴健民发现珠海面临着不少困难。其中，最突出的问题是：

> 一是非法出境严重；二是澳门来的垃圾大面积污染珠海；三是缺乏面向香港的港口，交通条件差。

从1979年到1980年，珠海市曾在边境截获非法出境者3271人。省委第一书记习仲勋到珠海来主持反非法出境工作会议，分析偷渡主要来自经济原因，而不是政治原因。

所以，珠海市委的对策是，从经济入手大力抓三件事：

> 请求省政府批准恢复"边境小额贸易"；通过港澳大力引进中小项目发展社队企业；整顿农村社队经营管理，合理分配，提高社员收入。

这样局面终于扭转过来了。

第二个头疼的问题是垃圾。当时的珠海到处都是垃圾，最严重的是澳门与珠海之间的垃圾山，至少有几十万吨，空气和水质都被严重污染。

当时，珠海还在利用垃圾搞肥料，利用废品换钱，政府一年有 100 万元收入。所以，不少人反对停止接收澳门的垃圾。

后来，珠海市委报告省政府，请求帮助与澳门谈判。直到 1982 年春天，垃圾问题才获解决。澳门不再向边境堆垃圾，已有的垃圾也进行了无害化处理。珠海也结束了捡废品换钱的时代。

第三是港口问题。珠海要发展，必须要拥有自己的港口，原有的香洲港，因为淤泥太深，不适宜做通航港口。

市里经过调查研究决定，新港建在洲仔村海边，就是现在的九洲港。

1981 年 6 月，九洲港终于正式开工。一年多以后，九洲港正式和香港通航。

通过招商引资解决资金问题

珠海市在建设之初，经济不太富裕，珠海经济特区成立，市财政拨了2000元开办费，特区连固定的办公室都没有。

临时借澳门房地产商林锦成先生在拱北开发房地产的新联集团公司拱桥山边建筑工地的铁皮棚，作为特区办公的临时地点。办公桌椅之类，也是从新联集团借来的。

在珠海经济特区初建的头一年，碰到的困难很多。例如搞基础设施建设需要投入资金，没有资金，寸步难行。

针对这种情况，珠海特区领导首先从进出口贸易着手。进口需要外汇，出口需要人民币，既无外汇，又无人民币，只有通过澳门的中资企业和老朋友的关系，为国内好销售的家电以及运输车辆等商品进口担保，开信用证。

商品进口后在省内销售，取得了人民币，又从粤北、广西、江西、湖南等地，订购矿产品分批出口创汇，既解决进口商品外汇的周转，又为珠海特区"七通一平"的基础设施建设筹集了一批资金。

九洲港的建设和交通道路等工程，都是靠这些资金投入的。

除了开展进出口贸易外，工作重点放在引进外资的投资项目上。先后与香港太平企业有限公司签订协议，后者投资港币1亿元，在水湾头合作新建"海滨新村"房地产工程；由澳门的吴福、黄施强先生，投资兴建澳门新口岸和路环填海工程。

1981年4月28日，与香港海外投资公司的吴兆声先生签订协议，由吴兆声在大草塘新建石花山旅游中心（后改为珠海度假村）和住宅区，中方提供地，占六成股权。

在珠海试办经济特区的一年时间里，洽谈引进数十项项目，正式签订协议20多项，出口创汇3600多万美元。

九洲港和道路陆续施工，拱北、水湾头、石花山等房地产工程先后破土施工。同时，还引进一批工业生产项目。

1982年3月27日至4月3日，时任国务院副总理的谷牧，先后到珠海、深圳两个经济特区检查工作。

谷牧说，设置经济特区是中央的重要决策，一定要把经济特区办好。

谷牧赞扬了两个特区两年多来在建设上取得的成绩，希望特区建设者们按照中央的要求，坚持实行对外开放政策，并认真总结经验，以便更好地前进。

谷牧说，深圳、珠海两个特区，在短短两年多时间内就打开了局面，取得了显著的成绩，充分说明中央关于试办特区的决策是完全正确的。

谷牧说，对外开放政策不会变，办特区的决策不会变，一定要下决心把经济特区办好。他要求既要看到成绩，又要正视特区发展中出现的问题，认真总结经验，继续前进。

同时，谷牧还就有关外汇使用和管理，进口商品流通以及打击经济领域的违法犯罪活动，精神文明建设等问题，提出了意见。

谷牧还先后到南海、江门、新会、中山等地，听取了有关实行特殊政策、灵活措施，促进工农业生产发展的情况汇报。

党中央对特区的关怀，给了珠海人民更大的力量。从1982年开始，珠海经济特区的建设步伐逐步加快。

梁广大调任珠海代市长

1980 年 8 月 26 日，五届全国人大常委会通过《广东省经济特区条例》。至此，经济特区的地位正式得到法律确认。

1980 年 10 月，继深圳经济特区动工建设后，设在滨海渔村的珠海经济特区，也正式动工兴建。

1981 年 6 月 30 日，梁广大在读到党外人士胡厥文的一份考察报告后，奋笔写道：

> 从生产发展速度和总产值来看，现在全国有两个典型。一个是城市，即常州市；一个是农村，即广东南海。

梁广大为什么这样兴奋地写这封信呢？

原来，早在 20 世纪 70 年代后期，中国大地春潮初涌，在珠江三角洲的南海县，人们欣喜地发现，家庭养鸡数量超过 7 只，不再被视为资本主义，农副产品和生产资料也不再统购统销。

南海县平东大队东村二队的队长陈苏，在领导这个生产队养鸡养猪致富的过程中，得到了国家科研机关上海农业科学院畜牧研究所的支援和指导。

生产队派人去学习，研究所还给他们一种良种鸡，即浦东鸡，80天就可以长到1.5公斤到2公斤重。这些鸡的运送，生产队也得依靠国家。

南海县政府每年从上海运来数以十万计的鸡雏，供应给各个公社。这个队各家各户养鸡的综合饲料，也是由生产队统一加工配制的，社员以实物换回。

生产队的兽医和防疫员，也是队里派到上海的研究所去受训的。防疫员每15天，用药水给集体和个人饲养的小鸡点一次鼻子，一个月打一次防疫针……

总之，在养鸡这个事业上，生产队离不开国家，社员离不开生产队。养鸡不是使农民同社会主义疏远，而是靠得更近了。

尽管南海已经在"冒天下之大不韪"，但县委书记梁广大依旧认为，群众思想中"怕富不敢富"的桎梏还有待进一步破解。

此后，南海县上下的干劲更足，粮食生产节节攀升，多种经营处处开花，县、公社、大队、生产队大办工副业，"四个轮子一起转"。

缺乏人才，就从社会上广泛招聘，曾经的"地富反坏右"和当年被批斗乃至判过刑的"投机倒把分子"也在"人才"之列。县里充分发挥他们的特长，并委以厂长、技术员和供销员等职务，还在年底进行总结和表彰，这些人最多时年收入竟超过3000元。

当时，有人说他们是起用"牛鬼蛇神"，有人说他们的表彰大会是"投机倒把分子"大会。当然，还有人直接将矛头对准梁广大。

面对四起的责难和攻击，南海县的干部群众暗暗为梁广大捏了一把汗。"梁胆大"的绰号，也悄悄地被叫开了。"胆大"就是敢想敢干、敢于试验、冲破樊篱、勇敢跃进。

担心归担心，老百姓的心却越来越敞亮：到1979年，南海县成为全省经济收入和分配水平最高的一个县，年人均收入从120元跃升到220元。

然而，梁广大还不"过瘾"。这年春节临近，梁广大带领县乡干部，抬着6头烧猪、10坛九江双蒸，带着100万响的鞭炮和焰火，敲锣打鼓，到人均收入超400元的大队生产队"祝富贺富"。

梁广大一边饮酒，一边表示：富有功，富光荣，穷不是我们的目的，富才是我们的共同愿望！

此后，南海逐步将经济发展的方向，由农业转向工业。并开始动员港澳同胞和海外华侨回乡投资兴办企业。

不久，发生在南海的一切，引起了中央领导胡耀邦的关注。

1982年5月，就在梁广大坚持"祝富贺富"3年后，他被上调到佛山地委工作。第二年，梁广大又被调至珠海特区工作。

1983年7月，怀揣介绍信的梁广大，只身一人来到了深圳。在之后几天的考察过程中，梁广大尽可能地多走多看多问，进行学习。

同年 9 月，梁广大被广东省委正式派往珠海工作，10 月任代市长。

珠海建市时，工农业产值不足 9000 万元，工业体系薄弱，只有几个造渔船、织网和五金的小厂，整个财政不到 2000 万元。有时，干部工资靠省里财政补贴，才能勉强发出。

市里还曾组织了 3 个捡破烂的公司，通过捡拾澳门倾倒到关口垃圾堆中的旧电视机、冰箱、电风扇和摩托车，来补贴财政。

横亘在珠海面前的困难，还不仅仅是万事开头难的"难"字。珠海是珠江出海口，河网纵横。当时，从广州到珠海，要经过 6 个比较大的渡口，100 多公里的路一趟单程就要一天多。这样费时费力，吓跑了不少投资者，特殊的地理条件是限制珠海发展的主要因素。

为此，珠海市委领导在探索中，不断寻求着解决之策。

在困境中寻找解脱之道

困难不可回避，但特区建设的步伐却一刻也不能停止。如何尽快打开发展的新局面，梁广大将目光投向中发［1979］50号和中发［1981］27号文件。

在中共中央、国务院中发［1979］第50号《批转广东省委、福建省委关于对外经济活动实行特殊政策和灵活措施的两个报告》中指出：

特区内允许华侨、港澳商人直接投资办厂，也允许某些外国厂商投资办厂，或同他们兴办合营企业和旅游事业。

既要维护我国的主权，执行中国的法律、法令，遵守我国的外汇管理和海关制度，又要在经济上实行开放政策。

文件还指出：

中央对广东实行特殊政策和灵活措施：外汇收入和财政实行定额包干，一定五年不变的办法，每年财政上缴12亿元；在国家计划指导下，物资、商业实行新的经济体制，适当利用

市场的调节；在计划、物价、劳动工资、企业管理和对外经济活动等方面，扩大地方管理权限。

1981年5月27日至6月14日，中共中央、国务院在北京召开广东、福建两省和经济特区工作会议。

会议提出经济特区建设的10项政策。其中最重要的有4条：

一、明确四个经济特区"不是政治特区"。

二、进一步明确在特区内实行与内地不同的经济和行政管理体制。

三、给予来特区投资的外商比内地更优惠的待遇。

四、国家承诺以更大的力度支持特区建设，包括特区建设所需的资金，由国家给予财政和信贷支持；允许特区银行吸收的存款全部用作贷款……

1981年7月19日，中共中央和国务院批转了《广东、福建两省和经济特区工作会议纪要》。

中央在批转文件的通知中指出：两省和经济特区创造经验，"不仅对两省经济的繁荣，而且对全国经济的发展，都具有重要的意义"。

授权两省和经济特区，"凡是符合党的路线、方针、政策，对两省和全国的经济调整和发展有利的事，就要大胆放手去干"。

这次会议基本满足了广东、福建两省提出进一步松绑放权的要求，并且为办经济特区确定了一个制度和政策框架。

1984年1月，邓小平视察珠海。梁广大小心翼翼地陈说"特区之难"：不少干部不敢干，谨小慎微，接触外商怕人讲与资本家勾结。更有些人心里还怕是不是走资本主义道路，一些地方出现走私贩私，都认为是改革开放带来的。所以，社会上出现特区能不能办下去的说法，甚至流传特区要停办等。

邓小平没有当即表态，题词"珠海经济特区好"之后，悄然离开珠海，实地踏访其他几个特区。

回到北京后，邓小平发表重要讲话：

思想要解放一些，胆子要大一些，步伐要快一些。

珠海进入全面开发新阶段

1984年,广东省珠海经济特区进入有计划全面开发的新阶段。

在1984年的头9个月,建设珠海特区的投资额与利用外资额,都超过了特区兴办以来前3年的总和。建筑工地遍布于珠海特区。由全国各地3万多人组成的80多支施工队伍,开始兴建100多项工程,其中包括13幢10层以上的中高层建筑,数十栋新厂房和宿舍楼,以及水、电、路的建设和港口、机场的扩建等工程。

1984年,珠海特区开发建设出现了两个新的特点:一是工业项目增多,特别是知识密集型和技术密集型的工业项目明显增加;二是从分散开发发展为成片开发,南山工业区、北岭开发区正在加紧建设。

新开辟的南山工业区,是特区的中心地带,新修的宽阔的新港大道直通九洲港和拱北口岸,交通便利,是理想的工业用地,总面积为23万平方米,可供使用土地14.8万平方米。

从1984年3月开始征地,到5月初,基础开发工程破土动工。7月,在基础工程尚未全部完成的情况下,地面土建工程即行上马。他们采取的是地面土建工程和基础工程交叉施工,穿插进行。同时实行招标和承包合同制，对承包单位采取"重罚轻奖"的办法，工程按合同提前一天完成，每天奖 500 元，拖延一天，每天罚一千元。从而调动了施工单位的积极性，加快了建设速度。

全区工程由 8 个市、11 个县施工单位承包，民工达 3000 人左右，但工地上的劳动秩序井然有序，速度也快。

从 1984 年 7 月开始进行住宅楼宇工程，到 10 月底，他们仅花了 4 个月时间，就完成了 25 幢楼宇的主体工程。

8 月初动工的工业厂房，仅用 3 个月时间，已有 8 幢厂房建至三层以上。其他仓库、商业服务中心、银行等生活配套设施，在 1984 年底完成。

为了搞好珠海特区的建设，珠海市领导机关系统地总结了 1980 年 9 月兴办特区以来的经验，提出了加快开发速度的新措施。珠海市委首先确立了全市工作重点应放在特区、以特区带动全面的新方针，全市各部门都要组建经济实体参加特区开发，并由市长、副市长担任特区管理委员会正、副主任。

同时，珠海市委进一步明确了特区开发的方向，决定把珠海特区办成以工业为主，工、商、农、牧、住宅、旅游全面发展的综合特区。外引内联的工作，也确定了以更优惠的条件、更简便的手续来吸引投资者。

在特区的基本建设中，大胆使用贷款建设，并采用招标制等一整套成功的经营管理经验，促使特区建设日新月异。

从 1984 年上半年开始，珠海特区转入了以工业为主体，全面开发，综合经营的起飞阶段。

1984年9月18日，珠海市隆重举行了"磨刀门综合开发工程"动工典礼。从此之后，在滔滔珠海的主要出海口——磨刀门，一片20万亩的浅海滩，逐步成为工农业基地。

"磨刀门"是珠江八大入海口中水流量最大的一个，每年都有大量泥沙沉积，堵塞了河道，严重影响了排涝和航运，必须尽快治理。

"磨刀门"工程的主要任务是，利用淤泥加筑河堤，"束水攻沙"，把上游冲刷下来的泥土疏导开去。在此基础上，围垦海滩，计划在20万亩滩地上，种植甘蔗、莲藕，放养鱼虾；引进先进技术，建立糖厂和化学工业等企业；同时，借助磨刀门天然景色，开发旅游业。

为了确保工程顺利进行，中国光大集团有限公司、珠江水利委员会、珠海特区农业发展总公司、斗门县围垦公司，联合投资成立了珠海经济特区"磨刀门综合开发有限公司"。王光英任董事长，广泛吸引外资，为加速发展特区建设尽力。

到1984年，珠海已有70多家工厂、企业投入生产或营业。在这年的首季，珠海市领导体制经过调整、充实，办特区的方向更加明确，思想更加解放。

新的领导班子作出了两个"重点转移"的决定，把全市工作的重点转移到特区建设上来；把特区工作的重点转移到以工业引进为主、进行综合开发与经营上来，大大加快了经济特区的建设步伐。

到1984年，已实际使用的外资（包括以前所签协议的外资）8000多万美元，特区基建投资7500万元，新建、续建项目103个，均超过了前3年的总和。

总面积为15.16平方公里的珠海特区，总体规划已全部完成。原建的公路、港口、机场、水电、通讯、住宅、购物中心、商品展销、旅游宾馆等基础设施与服务性设施，按规划扩大建设。

吉大、前山工业区首批兴建的各为6层、6000平方米的23栋标准工业厂房，即将交付使用；南山、北岭工业区加紧成片开发。

1984年，在珠海经济特区，到处呈现出一派繁荣兴旺的景象。

热血人士投身经济特区建设

在 20 世纪 80 年代，能进香洲渔船厂工作，是一件很荣耀的事。当时珠海工业薄弱，船厂属于大厂，工人社会地位高。

曾任香洲船厂党委副书记、副厂长的邝国成说："当年的姑娘们如果能嫁给船厂工人，就算高攀了。"

说起自己进船厂的经历，邝国成说充满了传奇。邝国成说，1968 年毕业分配到青海西宁，在那里度过了 13 个年头。

邝国成说，在青海的那些年，他在一家"三线"大厂工作，与工人师傅们同吃、同住、同劳动。

1981 年，邝国成回珠海探亲，感受到火热的特区建设高潮，于是萌发了回家乡的念头。

邝国成说，1981 年，珠海人才奇缺，但是自己求职过程并不顺利。学机械的邝国成，被很多用人单位以"珠海还没有重工业"为由，予以拒绝。

后来，有老乡告知他，香洲渔船厂需要技术人员。于是，邝国成决定去试一试。

邝国成后来回忆说：

> 记得那天，特地买了包"云斯顿"前去

应聘。

那天，船长班子正在开会，我闯了进去，客气地一边介绍自己的情况，一边给在座的人发烟。一包烟没发完，厂长拍板了，这样的人才我们需要。

邝国成说，当时，自己心中那份感激，现在回想起来还激动不已。

来到船厂工作之后，邝国成凭自己的直觉，知道自己找对了地方。虽然造船业对自己而言，是一个全新的事业。但是，30多岁正当壮年的邝国成，觉得一切可以从头开始。

在1981年至1991年10年间，邝国成与船厂同呼吸共命运，见证了厂子的发展与壮大。他也从普通的技术干部，成长为厂领导。

"当一名造船工人无上光荣。"回忆自己在船厂的10年，邝国成觉得自己无怨无悔。

1992年，香洲船厂升格为市船舶工业总公司。1994年的造船量达3000吨，修船量近2万吨，年销售总额近亿元。

至1995年，因海滨情侣路、凤凰路建设需要，船厂迁往唐家，开始了新的征程。

1983年，从华南师范大学毕业的刘毅洪回到珠海，在一所中学执掌教鞭。那时的珠海还是农渔经济，空气中飘荡的满是"墨鱼干的味道"。

香港人形容当时的珠海：一盏交通灯、一条路、一个警察的内地城市。

刘毅洪原本以为自己会做一辈子的教师。但是，到了1984年，珠海市和刘毅洪一起来到了历史的三岔口，深圳之所以是深圳，珠海之所以是珠海，都从这一年开始。

当年，邓小平来到珠海，给特区人注入足够的胆气。于是，"负债起步，市委直接领导特区建设"的形势与局面由此形成。

刘毅洪应聘到南水工业总公司，主要工作是招商引资。

虽然顶着特区的"名号"，但是刘毅洪的招商工作一直不顺利。在20世纪80年代以前的珠海，河汊纵横、河道蜿蜒，陆地被切割成二三十个孤岛。陆地上的道路都是"断头路"，走一段路，就得停顿下来，搭船过渡口，十分麻烦。

从珠海到广州，一路上要过六七个渡口，行程要整整一天。那时去临近的南屏镇，上午出发，下午回不来，大部分时间耽搁在路上。

1986年，在费尽口舌、多方游说之后，刘毅洪终于招到了第一个项目。那是一个投资超过5亿元的纺织项目。投资方是香港人，对方看中的就是珠海低廉的地价。

刘毅洪除了彻夜难眠、兴奋难抑之外，潜意识告诉他：这个招商项目恐怕不会太顺利。果不其然,项目提交高层审批时,被市委领导否决。

原来,珠海发展工业一直坚持"零污染"原则。改革开放这些年来,唯有珠海如此偏执、坚持。然而,正是这份坚持,才有了珠海更加美好的未来。

1998 年,联合国人居中心发表的公告说,珠海为中国其他城市的建设树立了榜样,也是全球全面改善人居质量的模范城市。

美丽的土地会说话,珠海从不过于以生产价值论英雄的路子没有错。

三、深化改革

● 邓小平挥笔题下了令珠海人民永远难忘的7个大字：珠海经济特区好！

● 杨尚昆说：珠海的领导班子是一个团结的、干实事的班子，是有战斗力的、工作卓有成效的班子。

● 梁广大说：珠海10年的巨变，证明党中央和国务院根据邓小平同志倡议作出的创办经济特区的决策，是顺民意、得民心的，是完全正确的，而且是成功的。

邓小平视察珠海经济特区

从特区建立之日起,邓小平就十分关注经济特区的建设和发展。

1981年,国家处于国民经济的调整期,拿不出钱来支持特区。邓小平在这年的中央工作会议期间,语重心长地对广东省的领导说:

经济特区要坚持原定方针,步子可以放慢些。

"放慢些",是出于对国家经济暂时困难的考虑。但是,原定的方针不能变,特区要坚定不移地干下去,这是最根本的。

1982年初,深圳蛇口工业区拟聘请外籍人士当企业经理,遭到一些人的责难。

邓小平得知这一情况后,立刻拍板道:

可以聘请外国人当经理,这不是卖国。

特区建设一晃几年过去了,特区的面貌有什么变化?邓小平很想知道。

邓小平曾说："办特区是我首先提议，经中央批准的，办得怎么样，我当然要来看看嘛！"

对特区几年来的发展，是肯定还是否定？特区还要不要办下去？在关系特区能否继续前进和全国改革开放能否继续深入下去的关键时刻，特区的"拓荒牛"们也翘首期待着听到邓小平的声音。

1984年1月的南疆，鲜花盛开，春意盎然。时任中共中央政治局常委、中央顾问委员会主任的邓小平，在王震、杨尚昆的陪同下，乘专列来到中国改革开放"试验场"，视察深圳和珠海。

1984年1月24日，吴健民参观厦门、汕头两特区之后，回抵广州。

第二天一早，吴健民就回到珠海，并立即召开市委常委会议检查和安排接待、汇报等工作。

同时，珠海市委同万山群岛要塞区保持联系：他们如派出登陆艇去深圳接邓小平同志过来，就马上通知市委领导。珠海市委几个主要负责人，即到唐家湾部队码头去迎候。

1984年1月26日，吴健民接到通知，邓小平一行，包括杨尚昆、王震等同志，将在10时许到达珠海。珠海市委几个负责人按时在码头迎接。

在码头，随邓小平一起从深圳过来的梁灵光，将吴健民介绍给邓小平认识。

80岁高龄的邓小平不顾旅途的疲劳，在珠海市委书记吴健民等人的陪同下，驱车前往市区，开始了在珠海的视察指导工作。

邓小平首先来到香洲毛纺厂视察。

"这些设备是哪里的？"邓小平看得十分认真，边看边向厂长黄国明提问。

"是从西德（联邦德国）、瑞士、日本引进的。"

"原料是哪里的？"

"是从澳大利亚进口的。"

"产品销往哪里？"

"全部出口。我们是一家'三来一补'的企业。"

"三来一补"，这是中国实行对外开放后出现在工业经济辞典中的一个新名词。尽管这是一种比较基础的吸引和利用外资的经营模式，但对工业基础几乎是一穷二白的珠海经济特区而言，则是一个良好的开端。

由"三来一补"创造原始积累的财富，继而向自主经营的外向型企业方向发展，香洲毛纺厂在不到10年的时间里，成为由中方独立经营的外向型企业。香洲毛纺厂的发展历程，其实是珠海特区工业前10年发展的一个缩影。

在香洲毛纺厂视察了20分钟后，邓小平随即乘车来到了狮山电子厂。这是一家珠海市自行设计，生产收录机、音响的企业。当厂长李振向邓小平汇报建厂情况时，邓小平听了很高兴。

珠海工业几乎是从一片空白起步，在这么短时间里就能生产出自己设计的收录机、音响等电子产品，这毕竟是一个可喜的变化。

邓小平马不停蹄地参观了正在兴建的九洲港和刚刚起步的小市区，并听取了市委、市政府的汇报。

昔日偏僻落后的边陲渔镇，正在开始着历史性的变迁，邓小平看了十分高兴。

结束了视察之后，邓小平一行直奔珠海宾馆。宾馆总经理张倩玲已恭候多时。

邓小平下车后，在张倩玲的陪同下，参观了宾馆。中午，邓小平一行在珠海宾馆用午餐。

吴健民就坐在邓小平的身边。因为老人高兴，坐下来谈天说地，也很轻松。

席间，吴健民对邓小平说："中国兴办特区，同充分利用港澳，是难以分开的一个统一的问题。深圳和珠海，感受尤深。这也许算是中国的特色。"

邓小平微笑着点点头。

吴健民后来回忆说：

> 当时议论得最多的事就是小平同志在深圳没有题词留念，希望我能设法让老人题词给珠海。既然是总设计师来视察，看后没题词好像也不好交代。我也感到有压力。
>
> 我了解到，他在深圳是给一艘退役改为水上酒吧的游艇写了"海上世界"的牌子。这算

是写招牌，不是题词。

我从此得到启发，便布置由珠海宾馆的经理张倩玲来向老人请求题字。

这时候，宾馆总经理张倩玲走了过来，恭敬地向邓小平请求道："请首长题几个字留念好吗？"

心情愉悦的邓小平欣然接受，站起身来往桌子方向走，拿起笔饱蘸墨汁问道："写什么呢？"

他沉思片刻，便兴致勃勃地挥笔题下了令珠海人民永远难忘的7个大字：

珠海经济特区好

吴健民后来回忆说：

这时候，我内心上也很紧张。万一老人不答应怎么办？我很注意他的神态。

毕竟是伟大的政治家风度，他和蔼沉着，却把眼光对着我了："你看写什么啊？"嘴边带着笑意。

我顿时把心头压着的石头放下了，顺口就说："您看了珠海特区，就写对特区评价之类的话……"

没想到老人立即站起，健步走向早已准备

好的摆上宣纸和笔墨砚台的桌子，就动笔写了。

吴健民后来回忆：

　　我也想过，也许总设计师看过深圳之后，仍觉得实际情况未足以有力地支持老人对特区设计的检验结论。经过珠海这一程，基本上可以说豁然开朗了。
　　所以，我确实感觉到总设计师所写的"珠海经济特区好"这七个字，真正出自他看到自己"设计的产品"取得圆满成功的那种内心喜悦，而表达出来的。
　　这是实实在在对开拓者做出成绩的肯定。是对士气衷心的鼓励，又是真诚、严肃的鞭策。

　　邓小平写完题词，放下笔，在场人员热烈鼓掌。
　　这一题词，是邓小平对我国兴办经济特区决策，在四五年实践之后的又一次肯定，也是他对珠海经济特区的一次检查结论。
　　午休片刻，邓小平一行又在下午乘汽车路经顺德。在清晖园，邓小平听顺德县委书记欧广源的汇报。
　　其间，邓小平插话说："塘鱼产量高，值钱，各种糠皮可以喂，我在泰国看到很便宜。"
　　"日本每一个人有100斤鱼，所以体质好。"

"山和水能解决大问题，我们的山利用得还可以，水不行。"

在视察时，邓小平还不忘谆谆教导，殚精竭虑，一心为民。

一个月后，邓小平在视察广东、福建、上海等地回京后，同几位中央负责同志谈话时说：

> 特区是个窗口，是技术的窗口、知识的窗口、管理的窗口，也是对外政策的窗口。从特区可以引进技术，获得知识，学到管理，管理也是知识。特区成为改革开放的基地，不仅在经济方面、引进技术方面、培养人才方面等都使我们得到好处，而且扩大我国的对外影响。

邓小平视察珠海及其重要指示，极大地鼓舞了珠海人民，珠海市委、市政府不失时机地抓住了这一大好机遇。

在邓小平离开珠海后，珠海市委、市政府再一次把中央关于试办经济特区的一系列文件发到各个部门，充分发动广大干部群众认真学习、总结、思考、讨论前段办特区的经验教训。并先后组织了36个座谈会，听取各方面的意见，让大家为特区建设发展出谋献策。

经过广泛深入的讨论，一系列争论不休的问题，在邓小平关于试办特区一系列讲话和中央关于试办经济特区文件中，找到了明确的答案。

笼罩在特区广大干部群众心上的疑虑渐渐消散了，更加坚定了他们改革开放、开拓进取的信念。

珠海特区经过几年的艰苦探索、犹豫徘徊，终于在邓小平视察珠海后，出现了历史性的转折。

● 深化改革

通过贷款和税费解决资金问题

1984年，珠海特区建设进入了一个辉煌的时期。以"七通一平"为中心的基础工程，在特区内全面展开，全年用于基础设施投资达2.38亿元，相当于特区以往4年投资总和的2.7倍！

良好的投资环境，引来了中外投资客商。在1984年，珠海引进外资项目600多个，其中工业项目占了528项。

这些工业项目从汽车维修中心的设备，到家用电器、机电仪表等。即使在港澳地区，当时也均属先进水平。

1984年，珠海全市工农业生产总值达4亿多元，比1983年增长1倍多。工业的迅猛发展带来了市场繁荣，旅游业也随之有所发展，这一年珠海旅游业利润比1983年增长了4倍。

然而，面对特区百业待兴的巨大资金缺口，不久前还是全国首富县县长的梁广大，感到颇为苦恼。

梁广大逐步意识到，珠海发展相对慢的主要原因之一，就是不能完全认识市场，不敢贷款，墨守有多少钱办多少事的传统思维。

1984年，珠海一口气向国内外银行分别借款近两亿人民币和3000万美元，一些基础建设项目得以启动。到

1987年时，珠海特区建设的相关投入，包括外债已接近30亿元。

然而，新问题很快产生。这些钱都是商业性贷款，三年之内就要还上，可是三年之内道路、港口、电厂还没有建设好，更不要说产生效益，拿什么还？

在那段时间，银行行长见了梁广大，几乎都要躲着走。

不过，善于观察的梁广大，很快就发现了一个重要的现象：

特区设立以来，珠海发展最快的行业是房地产业，而且是政府的基础设施建设走到哪里，开发商就跟到哪里。政府投资到基础设施建设创造出来的投资环境和所开发出来的土地变成宝地升值之后，几乎全部被房地产公司获利占有。

在意识到土地的商品价值后，市政府召集房地产商座谈，指出政府投入巨资创造良好环境，使房地产业兴旺发展，希望各公司多为政府着想，合理积极地上缴税费。

从1988年起，珠海市政府投入近30亿元，在确保被征地农民利益的前提下，将全市土地，包括围垦造地都统征起来，逐步走上了"投入—回收—再投入—再回收"的良性循环轨道。

珠海市委着力进行体制改革

1984年初，建设有中国特色社会主义的总设计师、经济特区创始人邓小平，在视察深圳、珠海、厦门之后，写下了这样的题词：

深圳的发展和经验证明，我们建立经济特区的政策是正确的。

珠海经济特区好。

把经济特区办得更快些更好些。

大家认为，党和国家实行改革开放和办好经济特区的英明决策，加快了全国经济发展的步伐。深圳特区已远远走在珠海的前头，厦门、汕头特区和即将开放的14个沿海城市的工业、人才和城市建设等基础条件，都比珠海好，形势既喜人，又逼人。

虽然前任领导班子在试办珠海特区的头几年，艰苦创业，积极探索，打下了良好的基础，但如果缺乏敢闯精神、求实态度和冲破旧管理体制的胆识，就会在这场有众多强劲对手的接力赛中落伍。

珠海市委在全面分析形势之后，决心变压力为动力，引导珠海全市人民团结奋斗，进一步开创珠海特区的新局面。

鉴于过去行政机关机构重叠,办事效率低,经济管理体制僵化,严重阻碍特区的发展,市委发扬敢闯精神,不畏流言蜚语,坚决改革妨碍生产力发展的管理制度和缺乏效率的行政机构。

珠海市委从政企分开主、简政放权、减少层次、提高效率着眼,撤销工业局、轻工局、二轻局、纺织工业局、外贸局、商业局、农业局、林业局、畜牧局、水产局、乡镇企业管理局、物资局等19个行政部门。

其行政职能,分别划归经委、外经委、农委、财办。市政府的委、办、局从50个精简为29个。

同时,成立电子工业总公司、纺织工业总公司、乡镇企业总公司、畜牧总公司、林果发展总公司、水产总公司、物资总公司等一批经济实体,直接经营产供销。

国有企业分三批推行厂长(经理)负责制和任期目标责任制,落实企业的各项自主权。

允许国有企业在遵守国家法令,完成上缴利税的前提下,其生产、购销、价格、资金使用、机构设置、人事劳动管理、工资奖金、外引内联,都有充分的自主权。使企业成为自主经营、自负盈亏的社会主义商品生产者和经营者,增强了企业活力,促进了全市内外联营、集体、民营经济的发展。

珠海市委有步骤地逐步缩小指令性计划,扩大指导性计划和市场调节范围。首先放开水产、果菜等农副产品的价格，除粮食改统购为定购外，其余全部实行市场调节；工业方面除国家按牌价调拨分配的产品外，其他商品的供销和价格实行市场调节；计划工作的重点，转到中长期计划上来，重视信息和预测，增强计划的科学性；取消逐级分配物资的制度，建立多种形式的批发市场，增加零售网点，减少流通环节，促进产销见面。逐步做到发展资金以引进和信贷为主，产供销和价格以市场调节为主，产品以出口为主。

发展外向型经济，必须打破外贸出口由国家外贸部门独家垄断的局面。

1984年，珠海市有关部门专程赴深圳取经，有计划、有步骤地在具备条件的一些工业企业，试行直接对外出口，有重点地推广代理制，批准一部分地方国营公司拥有出口权，减少流通环节。

参照深圳果菜公司、养鸡公司和畜牧公司的经验，由市属专业公司，创办优质种苗生产基地、饲料厂、药厂，负责对社队集体和专业户提供良种、技术、饲料、肥料、兽医、农药和收购产品出口。

在国家政策统一指导下，实行内外贸相结合，产供销一条龙的试验，促进农牧业生产专业化、基地化、商品化。

外贸体制改革，大大增强了出口商品的生产者和经营者在港澳和海外市场的竞争能力，促进了外经贸工作。

建设珠海经济特区基础设施

珠海市领导者的认识和决心,是搞好城市建设的关键。领导班子具有一定的超前意识,城市规划和建设才能做到高起点、高标准和高水平。

珠海在建市初期,市委、市政府就对城市建设做了规划。新一届市委、市政府领导班子,根据特区范围扩大,市中心已划进特区,原来的3小块已连成一片的实际,以及特区发展形势的需要,充分认识城市规划和建设的重要性,把建设良好的城市环境,作为珠海特区的一种优势资源来考虑,努力营造有利于引进外资和人才、有利于吸引游客、有利于发挥特区"窗口"和"辐射"作用的硬环境。

1984年,珠海市委聘请36家全国著名的规划设计院来帮助进一步搞好城市规划,市领导班子多次和专家们研究讨论城建问题。大家认为,特区作为"窗口",城市的规划、建设和管理都必须是高起点、高标准、高水平,在国内应是一流的,在国际上也应是称得上先进和优秀的,至少20年不落后。

根据这一思路,市委明确了城市建设的指导思想是:高标准、统一规划、分期建设和严格管理。高标准就是要把珠海建设成为全国一流的花园式的海滨城市。

城市各项指标,如每平方公里居住人口数、城市建设容积率、道路所占比例、绿化覆盖率、人均绿地面积、每天每人供水量和用电量、通信设施、污水和垃圾处理等方面的指数,参考世界规划最好、标准最高的前5名大中城市的数据来规划。

根据地形和功能,划分若干组经济特区的建设团,组团之间道路相连,山林绿化相隔,居民小区的服务半径为1公里,做到服务门类齐全,室内外环境优美,居民生活舒适安全方便。

城市建设分段分期铺开,各种地下管网线路统一施工,完成后再分给各部门使用,避免各自为政,挖路不止。

市内交通和连接外地的出口道路统筹安排,有所分工,力求交通畅顺不堵塞车辆。机动车、自行车和人行道用林木绿地隔离,提高安全系数。

城市规划严格按民主集中制程序报批审查决定,修改也要按相应的程序,任何个人包括市委书记、市长都无权随意修改。重大单体设计施工,按规定实行招投标制度,严格质量验收。

为了落实这个城建指导思想,市委专门向省里要来一名懂基建、负责任的副市长,协助市长具体抓。市有关领导和部门负责人,分期分批到新加坡参观学习。

各设计院初步完成规划草案后,珠海市先请全国的知名专家审议,然后市委、市政府领导再逐一审定各项规划设计指标及重大工程项目。

为突出花园式海滨城市的特点，还确定了城市四周沿海地带，都要建立宽阔的花园绿化带。

1984年秋冬，市政府统征了特区范围内的10平方公里土地，九洲港破土动工，开通了连接穗、深、港、澳的微波通信线路，实现了电话直拨。

直升机场停机位从7个扩建到30个。在联结九洲港（外港）和前山港（内港）全长9公里的骨干道路九洲大道（宽50米，两边各预留20米）的带动下，市内另有17条马路先后开工。就这样，珠海的城市建设如火如荼地展开了。

据统计，珠海市从1979年到1983年完成基建投资3.25亿元，1984年完成3.4亿元，1985年完成7.66亿元，1986年又完成6.82亿元。

城市建设大规模开展，不仅振奋了珠海干部群众的精神，而且增强了港澳地区和国内外投资者的信心，同时促进了经济建设迈开新的步伐。

珠海市不断优化产业结构

珠海的产业结构，如何才能优化和协调发展？这是当时讨论比较热烈的问题。

珠海市委组织各级干部，联系建市初期的实践，反复学习党中央、国务院批转的《广东、福建两省和经济特区工作会议纪要》，领会"纪要"关于"深圳、珠海特区应建成兼营工商、农牧、住宅、旅游等多种行业的综合性特区"的精神。

大家认为，只有选准重点产业，优化产业结构，把珠海建成三大产业协调发展的综合性特区才有可能。

那么，珠海应选什么为重点产业？经过多次反复讨论，市委最后确定把发展工业作为重点产业。

当时这样考虑的理由，一是需要，因为工业现代化在四化建设中所处的地位十分重要，只有工业抓好了，特区才能发挥"窗口""辐射"的作用；二是可能，珠海毗邻港澳，信息灵通，引进世界先进技术设备和管理经验、工业品销往国际市场，都比较方便。虽然原来工业基础薄弱，但潜力大，发展前景好。

许多同志还认为，珠海既不能搞博彩业，又不像香港那样有税收优惠，很难成为"购物天堂"。历史文化古迹也比不上国内著名的旅游城市，在工农业基础较差的情况下,靠旅游业去带动特区经济全面发展,难度极大。

因此,应该首先抓住发展工业这个重点,同时以农业为基础。生产力发展了,到珠海洽谈生意、购销商品的客商必然增多。

同时,市内工人增多了,农民较富裕了,消费力强了,包含旅游业在内的第三产业,就会兴旺发达。市委赞成这些同志的观点。

1984年冬,谷牧在特区工作座谈会上,提出要"爬好一个坡,更上一层楼",用三五年时间发展外向型工业。

为此,市委、市政府提出3个为主,即工业以外向型为主,资金技术设备以引进为主,产品以外销为主的发展思路。

市领导分头深入企业和农村基层调研,总结推广了湾仔华声磁带厂、汉胜特种电线公司、蓉胜电工公司、香洲毛纺厂、保健食品公司、爱特公司、丽珠医药公司、飞校集团、糖果饼干厂的经验,明确发展外向型工业的模式和路子,要求抓好6个环节。

为了调动各方面的积极性,市委、市政府还提出发展工业要国营、集体、外引内联一齐上。市办、区县办、镇村办一齐上,独资、合资、三来一补一齐上,先进科技型、劳动密集型一齐上,工业发展步伐明显加快。

发展外向型经济,必须充分利用澳门的特殊地位。市委、市政府十分重视同澳葡当局和澳商的合作,在澳门建立了若干工商企业,发展和欧美的通商贸易,引进先进技术设备和增大工业品的出口量。

市属珠光公司与澳葡当局以及澳商联合在澳门围海造地,既为澳门发展作出贡献,也为特区建设筹集了巨额建设资金。

珠海市委、市政府很重视发展农业。确定金鼎20平方公里为现代化农业试验(示范)区,以优质、高效、创汇为主,以基地、公司带农户的办法,改造传统种养业。

市政府每年定额拨款,用于农产品基地建设,不足部分,则靠境外贷款,出口偿还。

到1986年,珠海已建成5个万头猪场,蛋鸡场、乳鸽场、奶牛场、珍禽场、种鸭场也相继兴建,在金鼎和斗门种植了几十万株优质荔枝。

与香港光大集团、珠江水委合作,计划围海2.6万多公顷。1984年开始动工,80年代中后期实际已完成1.1333万公顷,这为珠海的长远发展增强了后劲。

珠海经济特区各行业逐步发展

与澳门毗邻的珠海经济特区，从旅游、商业入手，然后转向工业为主，带动其他行业一齐发展。

1981年，吴兆声与两位合伙人，同珠海经济特区发展公司签订协议，在九洲湾附近，占0.65平方公里土地，投资一亿港元，建一个大型的度假村。

谁料想，工程正大规模进行的时候，赶上世界经济衰退，更加上一些人对香港前途持有疑虑，港澳地产业进入低潮。两位合伙人退了股，原来认购别墅的也放弃了。

吴兆声毅然决定独力投资，但内心压力很大，他笑不出来。

有人问吴兆声："在那种情况下，您为什么坚持在这里投资？"

吴兆声回答说："我是中国人，希望以自己一点力量推进四化建设。合同是我一手签订的，一旦毁约，对我十几年来获得的信誉也不利。"

在香港有些人纷纷把自己的资金向美国转移的时候，吴兆声却把自己大部分财产，投到九洲湾边的山坡上。有人说他不明智。吴太太也曾焦急地哭过。

这时，有人问吴兆声："你不怕冒风险？你不怕政策变?"

吴兆声微笑着说:"在哪里投资都不是百分之百可靠。我是中国人,要把钱投到中国,这也可以说是偏爱吧。"

此时,吴兆声的笑容更加明朗了,他说:"1979年,我在国内投资搞过砖厂,从那次亲身经历我看到,若说国内政策变的话,是在向好里变……"

接着,吴兆声讲到珠海市领导人对他的关心,讲到珠海特区发展公司作为合作的一方在困难时对他的支持,曾为他垫支施工人员工资2000多万人民币,又当担保人,使他从香港获得4000多万港元的贷款。

这一刻,笑容在吴兆声的脸上停留的时间更长了。

到1985年,除了旅游、商业之外,珠海特区已初步形成了电子、纺织、制衣、轻工、建材等行业门类较多的新兴城市。

为了给特区发展多积累外汇,珠海特区经济逐步向"外向型"转变,扩大产品出口:一方面引进技术生产出口产品,一方面利用特区伸向国际市场的"触角",把本地或内地的原料及初级品在特区加工增值,然后进入国际市场。

塑胶制品厂生产的12个品种、32种花式的塑胶珠帘,已销到希腊、新加坡等国家,并吸引更多的外商前来洽谈。

珠海特区还努力发展农副产品基地,扩大出口。珠海每年外销蔬菜 1 万多吨,在澳门占有很大的市场。每年销往澳门的鲜花数量也很大,1984 年创汇达 380 万港元。

同时,利用本地丰富的沙、石、土资源优势,增加外汇收入。特区在海岛开办的石场,既增加了外汇收入,在一些外资办的石矿场,还可获得相当的劳务收入。

由于珠海特区经济转向迅速,措施得力,自 1985 年以来已取得了明显的成绩,第一季度外贸出口收汇比 1984 年同期收汇总额增长二成,与外商签订合资合作项目也比 1984 年同期增长了 3 倍。

采取优惠政策促进横向联合

珠海市对内联企业采取优惠政策,提供便利条件,促进了横向经济联合的发展。

1986年,珠海市有关部门进一步作出规定,在联营资金、税收政策、外汇使用等问题上,对内联企业实行优惠。到1986年,珠海市已同中央各部的23家企业、公司,国内18个省市的84家企业、公司及省内的企业,兴办了联营企业。

同时,与华东、华中、华北和东北地区的几个技术、工业基础比较雄厚的工业城市,建立了长期稳定的联合关系,为工业基础比较薄弱的珠海特区的开发建设,带来了新的活力。

自1984年以来,珠海市敞开大门,积极开展外引内联,内联企业已达300多家。其中工业生产项目的比重日益增加,新发展的内联项目中就占90%以上,并且都是可以生产出口创汇或代替进口产品的工业项目。

这些生产项目,把国内外先进技术结合起来,一般具有见效快、起点高、后劲大、出口创汇竞争强的特征。

为发展横向联合,珠海市政府相继采取优惠政策和措施,为内联企业创造优越环境和良好条件。如内地把科研成果、先进技术拿到珠海,开发出口创汇的优质产品，其科研成果、先进技术既可作为投资股份资金，也可作为专利，在新产品获利后提取专利受益；电力供应等也优先照顾外向型联合企业，让他们解除缺电之忧。

珠海湾仔华声磁带厂是个乡镇企业，刚开始时只有6个人，16平方米厂房，设备简陋，年产值不到20万元。发展横向联合后，这个厂建成5000平方米的七层工业大厦，年产值3000多万元，年利润200多万元，年创汇1000多万港元。

华声磁带厂引进国外先进设备，与电子工业部第三研究所合作制成HCD系列盒式测试磁带，填补了我国测试带生产的空白，为国内300多家工厂和科研单位所使用，为国家节约了此项产品的进口用汇。

珠海特区的汉胜特种电线有限公司，具有新、小、精的特点：技术新，品种新，设备先进。它们生产的"熊猫"牌阻抗75欧姆的电视机专用馈线，在质量上超过邻国的同类优质产品。

这个公司定员40人，引进设备用汇不过26万美元，仅用半年就从筹建转入生产。引进设备技术全靠自己消化，一次试产成功并推进国际市场。

珠海市还为工程技术人员和经营管理人才提供良好的工作条件和优厚的生活待遇；经理选拔干部、聘用和开除职工，能得到市委和市政府的支持和尊重。

创造各种优越条件和采取优惠政策，使珠海市的吸引力越来越大，促进了横向联合的进一步发展。

珠海经济特区有计划地围垦滩涂

在珠海，你可以看到许多工厂、商场、宾馆、酒楼，或是建立在山岗坡地上，或是建立在被高大的海堤包围着的海滩上。

时任珠海市副市长的谢金雄说："珠海特区是从一片荒山滩涂上建立起来的。"

远近闻名的白藤湖农民度假村，几年前还是白浪滚滚的浅海区，如今成了由数万平方米亭、台、楼、阁组成的旅游胜地。

由于经济特区的开发，城市建设发展较快，新建了许多工厂、商场、宾馆、居民公寓，新辟了一条又一条宽阔的马路，共占土地3.6万多亩，其中耕地只有1.4万亩，其他都是荒山废地和海涂。

"占地1亩，造地10亩"，这是珠海市在发展城市建设中提出的一项要求。

地处珠江入海口的珠海市，由于每年有7000万吨左右的泥沙从上游流到海口，滩涂日益扩张。光是浅海滩涂就有73万亩，还有坡度在20度以下的缓坡山地可以开发。

珠海市党政领导在开发经济特区的建设规划中，把合理地利用丰富的土地资源，列为珠海重要的开发内容，把有计划地围垦海涂，作为发展外向型农业的战略措施。

在珠海列为经济特区以后的7年里，通过国营带头、政府补贴、引进资金、银行贷款、群众投劳等多种办法，筹集了7000多万元资金，围垦海涂近7万亩，改造荒山2万多亩。

从市到县、区、乡，既有围垦几千亩、几万亩大规模的围垦开发公司，又有在政府支持下群众搞的几十亩、几百亩的小型围垦。

珠江磨刀石综合开发有限公司，是一个围垦珠江入海口20万亩海涂的大型合资企业，3年围垦6万多亩。已有2.37万亩包给来自两省10个县市的300多户农民种粮、种甘蔗、养殖鱼虾。

珠海市政府负责人说，全市40多万人口，现有耕地70万亩，人均1.75亩，这在人口稠密的沿海地区不算少了。但是，由于珠海土地资源丰富，雨量充沛，水资源又足，气候温和，常年无霜，这里开发1亩，顶上北方两三亩。

珠海市政府计划再围垦海涂和改造荒山，种粮种蔗、养鱼养虾，面向港澳，出口创汇。

珠海特区发展外向型创汇农业，因地制宜办起了一批商品生产基地，使珠海市的农村经济走上了全面、均衡、持续发展的道路。

珠海已兴建几十平方公里的现代化农业试验区，有年产40万只的乳鸽场，年产125万公斤鸡蛋的蛋鸡场，

● 深化改革

以及瘦肉型良种猪场、瘦肉型猪场、奶牛场、水产养殖场等等。

此外，还有荔枝基地、林果基地、甘蔗基地、水生作物基地、蔬菜基地、鲜花基地等。

这些基地根据国内外市场的需求，引进良种，采用先进生产技术，努力提高经济效益和社会效益。

1987年，各种农副产品大幅度增产，猪、鸡、鸭、鹅、乳鸽、蔬菜、花卉等农副产品，出口达1.2亿美元。

杨尚昆视察珠海经济特区

1979年，时任广东省委第二书记的杨尚昆，坚定不移地拥护、执行邓小平关于试办经济特区的倡导，为在深圳、珠海两地试办经济特区，花费了大量的心血。

此后，每当经济特区经历风雨，遇到困难，杨尚昆总会站出来，旗帜鲜明地支持特区建设，要求大家坚定不移地实践小平同志建设有中国特色社会主义理论，并用这一理论来武装干部群众，指导工作。

1984年，杨尚昆到珠海经济特区视察检查工作，他兴致勃勃地参观工地、工厂、学校，充分肯定了已经取得的成绩。

1990年，杨尚昆出席了珠海经济特区创办十周年的盛大庆祝活动。在与珠海部分干部和外来投资者的座谈会上，杨尚昆充分肯定了珠海10年来的建设成就。

杨尚昆说：

珠海这10年变化实在大，可以说是翻天覆地。这是建设有中国特色的社会主义的充分体现。10年前，这里还是一片荒滩，现在平地起高楼，成了一个比较现代化的新兴城市。这应该归功于党中央制定的正确的改革开放政策，没有改革开放政策就没有今天的珠海，也没有今天的深圳。看到小平同志倡导的开放政策开出了两朵这么绚丽的鲜花，我是非常高兴的。

1992年初，正当社会上对特区是姓"社"还是姓"资"等问题出现争议，前进的步伐再次受到阻碍的时候，杨尚昆与邓小平不约而同地来到了珠海经济特区，进行了一个星期的视察、检查指导工作。

就在1992年的这次视察过程中，杨尚昆不止一次地对珠海的干部说：

要落实邓小平同志的讲话精神，就是要继续再开放，进一步开放。邓小平同志的思想是非常正确的，开放的，只要是有利于生产力发展的，他总是支持的。

1994年春节刚过，近90岁高龄的杨尚昆就乘车穿越尚未建好的珠海大道，来到了珠海港建设工地。

珠海的冬天不算太冷，但扑面而来的呼呼的海风显得潮湿、阴冷，让人感到比北方的冬天更寒冷刺骨。但杨尚昆兴致勃勃，在两万吨级码头工地，他迎风而立，眺望无际的南海，连声夸奖珠海港的规划建设有魄力，称赞珠海市委、市政府很有战略眼光。

接着，杨尚昆又马不停蹄来到规划中的我国内地连接香港的伶仃洋大桥桥址，站在正加紧施工的起步工程淇澳大桥桥头，对珠海市委、市政府牵头规划开辟香港第二条陆路通道，把珠海、珠江三角洲、粤西地区及大西南与香港这个世界经济、金融、贸易、航运、空运、信息中心紧密连接起来的设想，连声称赞有远见，有气魄，必将带动粤西以至西南地区的发展，造福子孙后代。

杨尚昆说：

> 珠海的领导班子是一个团结的、干实事的班子，是有战斗力的、工作卓有成效的班子。

海风吹得让人不由自主地裹紧了衣服，但在场的每一个人无不感到心里热乎乎的。

一天，杨尚昆来到人头涌动的闹市，一下子使热闹的花市更加沸腾了。

"杨主席好！"人群中有人大声喊着。

杨尚昆一边向群众招手致意，一边一个一个摊位参观，不时停下来问问价钱，了解市场情况，谦虚地向花农请教花名、养花技术等等。

江泽民视察珠海经济特区

1980年8月，珠海经济特区刚成立不久，时任国家进出口委员会副主任的江泽民，就带领中央工作组，风尘仆仆地来到珠海，了解珠海经济特区的规划筹建工作。

1988年1月，时任中共上海市委书记江泽民前来珠海考察工作。

在担任中共中央总书记后，江泽民仍非常关心珠海经济特区的发展状况，先后两次视察珠海，并作了重要指示，对珠海人民在党的领导下艰苦创业，勇于开拓，勇于实践予以高度赞赏。

1990年6月23日至25日，江泽民总书记在珠海视察时，对陪同的广东省委书记林若、省长叶选平等同志说，他自1980年以来，多次来过广东的3个经济特区，每次来都发现有新的变化。这次看到的变化更大。这些成就，不仅得到了全国的充分肯定，而且为世界所瞩目。特区的成功，充分说明根据邓小平同志的经济特区的建设倡导，党中央、国务院作出实行改革开放、创办经济特区的决策是完全正确的。

江泽民说：

实践证明，只要政策对头，即使是经济基

础比较薄弱的地区也能得到很快的发展。中华民族是勤劳勇敢、具有聪明才智的伟大民族,在中国共产党领导下,只要从中国的实际出发,不断探索和总结经验,我们就一定能沿着建设有中国特色的社会主义的道路实现宏伟的目标,中华民族就一定能自立于世界民族之林。

江泽民在珠海视察期间,对珠海的市容和市政建设都很赞赏。

江泽民对市委书记、市长梁广大说:"我看了全国那么多城市的旅游点,还是珠海这个地方好。我建议你们把城市基础工程设施的资料全部存入电脑,光靠看图纸不行,要用电脑来管理,你们珠海完全有条件做到这一点。"

在参观生化制药厂时,江泽民对北京来的厂领导和工程技术人员说:"珠海这个地方很漂亮,是个干事业的地方。"

江泽民在珠海视察时,十分注意了解经济特区党的建设和社会主义精神文明建设的情况。

江泽民对一起前来考察的林若、叶选平等同志说,坚持对外开放,必须始终坚持社会主义方向,坚持"两个文明"一起抓。

江泽民还说,四项基本原则是立国之本,改革开放是强国之路,本固则国兴,国强则本固。我们要在保持政治和社会稳定的同时，集中精力把经济搞上去，关键的问题在于必须把我们的党建设得更好。

江泽民还反复强调，在沿海开放地区和经济特区，切实抓好党的建设和思想政治工作，加强社会主义精神文明建设，具有特别重要的意义。

江泽民指出，开放地区和特区的党组织，一定要认真抓好自身建设，特别是要把党的基层组织建设好，把领导班子建设好。

各级党组织要结合实际，有针对性地认真做好广大党员、干部和群众的思想政治工作，使共产党员和广大干部充分发挥建设社会主义的积极性，抵制资产阶级思想的侵蚀，经得起执政和改革开放的考验。

视察期间，江泽民还亲自为珠海题词：

总结经验，发扬成绩，坚持改革开放，把珠海经济特区建设得更好。

1991年12月18日，江泽民在厦门经济特区成立十周年庆祝会上指出："深圳、珠海、汕头、厦门和海南五个经济特区处在我国对外开放的前列，在我国发展对外贸易，扩大对外经济技术合作中，越来越发挥着窗口和基地的作用。经济特区建设卓有成效的实践充分证明：党的十一届三中全会所制定的以经济建设为中心，坚持四项基本原则，坚持改革开放的基本路线，是完全正确的，邓小平同志倡导的兴办经济特区，进一步开放沿海地区的决策也是完全正确的、成功的。"

1994年6月17日至19日，江泽民又一次视察了珠海市和珠海经济特区。

在珠海期间，江泽民先后视察了亚洲仿真控制系统工程有限公司等四家企业，考察了正在建设中的珠海港、珠海机场工地，认真听取了珠海市委、市政府的工作汇报。江总书记充分肯定了珠海发展的巨大成就。

江泽民兴奋地对珠海市的领导同志说："实事求是地讲，我非常高兴。与我1980年第一次来珠海相比，你们的变化是翻天覆地的。总的来说，珠海的发展战略思想宏伟，工作脚踏实地。"

江泽民在考察了珠海市土地管理工作后，充分肯定了珠海市土地管理"五个统一"的做法。

江泽民说："你们搞围海造地，通过'七通一平'搞好基本设施，使生地变为熟地，使土地升值；对外转让土地不是单单卖地，而是以项目批土地，这些做法非常对。土地是国家最牢靠、最可靠的国有资产，你们对土地实行高度集中管理，这非常对。对土地不垄断不行，我支持你们垄断。希望你们在这一点上不要动摇。搞建设要有规划，靠零敲碎打是不行的。有了好的自然条件但是没有规划，也是白搭；而条件即使不够那么好，但有完善的规划，也可以取得好的效果。珠海的规划很不错，很有特色。"

江泽民强调了土地的集中统一管理，肯定了珠海市"一支笔"审批土地的做法，并指出：管好土地的关键是政府要集中管理，土地管理权要集中，不能分散，不能层层下放，只有这样才能减少腐败现象，才能真正保证土地能够合理使用，否则就会让"投机商"钻空子。分散管理就会导致"炒地皮"。

江泽民说，土地市场的建立可以促进土地资源的合理配置，有利于我国社会主义市场经济的发展。

在谈到土地使用权的供应问题时，江泽民说："各级政府应坚持'一支笔'审批土地。珠海的经验值得借鉴。珠海市在这方面创造了'统一规划、统一征地、统一开发、统一出让、统一管理'的经验，实践证明效果很好，值得各地借鉴。"

在视察珠海等地之后，江泽民于1994年6月20日在深圳发表了重要讲话。

江泽民强调指出："充分认识和肯定经济特区取得的巨大成绩和作出的历史性贡献。""坚持不懈地把经济特区办得更好。"

江泽民代表党中央、国务院重申：

中央对发展经济特区的决心不变；中央对经济特区的基本政策不变；经济特区在全国改革开放和现代化建设中的历史地位和作用不变。

李鹏视察珠海经济特区

1984年4月和1986年12月,时任国务院副总理的李鹏两次视察珠海,对珠海几年来所取得的成绩表示满意。李鹏强调办特区要解放思想,大胆利用外资,善于同外商打交道,并对珠海兴建国际机场和进一步搞好特区建设做了重要指示。

李鹏十分关心珠海经济的发展,尤其是关心珠海西区开发战略的实施情况。

1993年1月5日,新年伊始,国务院总理李鹏带着国务院各部委办领导,亲临珠海西区几个重点工程视察。

一路上,李鹏一边认真听取梁广大书记关于西区的规划和建设情况的介绍,一边察看规划图,询问珠海通往西区大动脉的珠海大桥、鸡啼门大桥等建设的进展。

在高栏港南径湾,李鹏望着美丽的海湾,充分肯定珠海拟在这里建设10万吨级码头,来解决北煤南运问题的设想。并详细了解这里海湾的水深、泥沙淤积、国际航道、货物集散等条件,对高栏港整个港口的规划建设表示赞赏。

李鹏还视察了正在扩建的珠海机场工地,在被誉为"亚洲第一爆"的炮台山大爆破现场,观看了大爆破录像片。他对珠海西区大规模基础工程建设形成强大的经济发展后劲感到十分的高兴。

李鹏回顾了 1986 年来珠海考察时看到的情景后，感慨地说：

前几年我来的时候感到珠海很小，现在很大了，发展后劲很足。短短几年珠海经济发展上了层次，不是一个层次，而是几个层次。

李鹏称赞珠海在围海造地，土地的开发、管理，城市规划、建设等方面取得的成就和经验，认为珠海经济已走上了良性循环的发展阶段。

李鹏说：

你们不仅在发展社会主义经济方面有新成绩，而且在城市规划和管理方面很有权威，很有成就。

珠海庆祝经济特区创建十周年

1990年11月28日下午，由鲜花和彩旗装点的珠海经济特区，举行了盛大的庆祝活动。

党和国家领导人、中外来宾同特区建设者约1万多人欢聚九洲城，共庆珠海特区建立十周年。

时任中共中央总书记的江泽民，国家主席杨尚昆，中共中央政治局委员、国务院副总理田纪云，中共中央书记处候补书记温家宝，中共中央顾问委员会常委余秋里、胡乔木、耿飚，全国政协副主席谷牧、王光英，出席了这次庆祝大会。

邓颖超、国家副主席王震、全国人大副委员长习仲勋等领导同志，发来了贺电、贺信。

参加这次庆祝大会的有：中共广东省委书记林若、广东省省长叶选平、广州军区司令员朱敦法、广州军区政委张仲先、新华社香港分社社长周南、新华社澳门分社社长郭东坡。

此外，还有汪锋、任仲夷、刘田夫、周建南、曾生、强晓初以及港澳知名人士霍英东、马万祺等。

时任中共珠海市委书记、市长的梁广大，代表珠海市委、市政府和全市人民，向前来参加庆祝活动的中央领导和来宾，表示热烈的欢迎。

梁广大说，珠海经济特区创建至今，已经走过了10年的艰苦探索历程。10年来，珠海进行了大规模的基础设施建设和城市建设，创造了一个比较好的投资环境；初步形成了以工业为主、综合发展的外向型经济格局；社会生产力迅速发展，经济实力大大增强。

特区在经济迅速发展的同时，社会主义精神文明建设也取得了丰硕成果，人民群众生活水平显著提高。

昔日经济落后的边陲渔镇，已经发生了历史性的巨大变化。

梁广大说：

> 珠海10年的巨变，证明党中央和国务院根据邓小平同志倡议作出的创办经济特区的决策，是顺民意、得民心的，是完全正确的，而且是成功的。

梁广大接着表示，广大人民群众从改革开放的实践中，从特区的发展变化中，深切感受到了社会主义制度的优越性，从而更加坚定了建设有中国特色的社会主义的信念。

梁广大表示相信，珠海经济特区的人民，在未来的10年中，将继承发扬"爱特区、思改革、勇创新、比贡献"的特区精神，努力奋斗。到2000年，实现人均国民生产总值达到中等发达国家水平，更好地发挥特区的窗口和基地作用，为全国的四化建设作出更大贡献。

会后，江泽民、杨尚昆等领导同志，兴致勃勃地观看了大型艺术巡游。100多辆彩饰造型车，展示了珠海特区10年建设成就以及特区各行各业所取得的丰硕成果。

珠海特区创办十年，出口额比创办前增长近38倍。更令人欣喜的是，特区的出口产品中，自产产品的比重大幅度提高：深圳、汕头达到60%；珠海自产产品出口额9年累计16.5亿美元，增长250多倍。

而且，特区出口产品结构有了明显改善，机电、轻纺等工业制成品，已成了特区出口创汇的主导产品。五个特区还涌现出年出口1000万美元以上的创汇大户50多家。日益壮大的一批工贸结合、向国际市场进发的企业集团，已具备了一定的竞争实力。

昔日荒凉的边陲小镇珠海，如今成了厂房遍布的南国工业新城。电子、纺织、轻工、建材、食品、塑料等行业，正成为特区工业的支柱。

● 深化改革

四、大力发展

- 广东省市领导人赞誉说：这条生产线是兴业的骄傲，珠海的骄傲！

- 时任中央党校教授的蔡长水说：每一个特区都取得了翻天覆地的变化，所以建立经济特区这个决策，毫无疑问是非常正确的。

- 澳门特区经济财政司司长谭伯源致辞说：跨境工业区是珠澳、粤澳经济合作的一项重要成果，标志两地合作已经进入一个新的阶段。

中央指明珠海经济特区发展方向

为认真实施邓小平关于办好经济特区的构思，珠海市委、市政府充分发挥特区的窗口作用，一方面吸收利用国内外的人才、资金、技术和先进的管理经验，另一方面在全国率先重奖知识分子和在城市规划建设中实行"八个统一"，有力地推动了经济的快速发展，保护了环境，为建设一个花园式的海滨城市，打下了良好的基础。

1992年1月，时年88岁高龄的邓小平再次视察珠海，在亲眼看见珠海翻天覆地的变化后，针对有人存在的否定经济特区的倾向，邓小平说："不是有人议论姓'资'姓'社'的问题吗？你们就是姓社嘛。你们这里是很好的社会主义。"

邓小平教导大家一定要坚持党的十一届三中全会所确定的路线、方针、政策，坚持改革开放，加快发展步伐。

在考察亚洲仿真公司等高科技企业时，邓小平一再强调要靠科技，靠人才，并在珠海首次提出了"科学技术是第一生产力"的英明论断。

邓小平的谆谆教诲和高瞻远瞩，为珠海经济特区航船的破冰之旅，增添了无穷的动力。

珠海市委、市政府抓住"发展才是硬道理"，紧紧围绕以经济建设为中心，进一步扩大对外开放，大力发展科技教育事业，认真做好外引内联工作，全力加快横琴岛、高栏港、珠海大桥、珠海机场、珠海电厂等交通能源项目的建设。坚持"两手抓"方针，使特区的精神文明建设和物质文明建设同步发展，为珠海经济社会的腾飞，打下了坚实的基础。

珠海市委、市政府积极主动，调整和完善发展思路，根据广东省委、省政府珠海现场办公会提出的"三基地一中心"城市发展定位，果断作出大办实业经济的战略决策，积极实施功能区带动战略，发挥高新区、临港工业区、保税区、横琴经济开发区、万山海洋开发试验区的集聚辐射和带动作用，经济发展进入了一个新的发展时期。

2004年12月，胡锦涛总书记视察广东，先后到珠海、中山、佛山、广州等地，在听取了张德江、黄华华的工作汇报后，做了重要指示。

胡锦涛要求珠海市委领导，要增强大局意识和使命意识，继续抓住机遇、奋发努力、扎实工作，不断创新发展思路、增强发展动力、提高发展水平，努力在全面建设小康社会、加快推进社会主义现代化进程中，更好地发挥排头兵作用。

胡锦涛总书记亲临珠海，给珠海人民带来了极大的鼓舞。

在珠海市委五届四次全会上，市委明确了新的工作思路，高举邓小平理论和"三个代表"重要思想伟大旗帜，坚持以科学发展观统领经济社会全局，认真贯彻落实中央、省的一系列战略决策和重大工作部署，围绕聚集高素质人才、发展高质量经济、建设高品位城市和"再造一个新珠海"的发展目标，抢抓机遇，深化改革，扩大开放，调整经济结构，转变增长方式，壮大经济总量，提高经济效益和质量；坚持以人为本，推动民主法制建设，切实维护社会稳定，促进社会主义事业全面发展，提高公民素质和人民生活水平，构筑和谐社会；全面加强和改进党的建设，不断提高党领导发展的水平和能力，努力建设实践科学发展观先行示范市。

在这个思路的指导下，珠海社会经济实现了一个新的跨越。

创办经济特区，是实行改革开放和社会主义现代化建设的重要战略决策。几十年来，经济特区取得举世瞩目的巨大成就，充分显示了建设有中国特色社会主义道路的蓬勃生机和活力。同时，也印证了党的十一届三中全会以来，党的路线方针政策的正确性。

珠海经济特区加强交通设施建设

1992年12月28日10时，一声沉闷的巨响，让周围数公里地动山摇，爆炸区升起一朵巨大的蘑菇云。

后来人们听说，这次爆破的威力，相当于日本广岛原子弹的60%，也正是这冲天一爆，让珠海大机场的梦想成为现实。

从近现代区域性中心城市发展规律看，现代化的立体交通网络，是决定一个城市参与区域、国家乃至世界范围内竞争的前提因素。而这样一些工程，往往决定了一个城市的命运前途。

在改革开放初期，受制于河网纵横阻隔，进出只有一条泥沙公路，在与深圳之间发展差距越拉越大的珠海，对此感受尤为深刻。

此后，随着珠海知名度逐渐提高，国外一些大财团开始到珠海考察，并洽谈投资项目，但都乘兴而来，失望而去。

与一次次机遇擦肩而过的珠海，再也不能坐失良机。从1983年首次向广东省提出建飞机场报告，到1992年5月珠海机场获得国务院、中央军委批准立项，再到1995年5月30日正式通航，通往蓝天梦想的道路漫漫，但珠海走得毅然执着。

就在绘就于蓝天上的梦想渐成现实时，另一个承载珠海蔚蓝之梦的珠海港建设，也迎来了新的高潮。扼守珠江八大出海口"五门"的珠海市域面积为7660平方公里，而其中海域面积就占到6030平方公里，海岸线总长691公里，距离大西国际水道仅1海里。

改革开放后，随着九洲港等中小泊位港口的建成，珠海作为一个港口城市的地位日益显要。

然而，随着国际航海运输业不断向大运能深泊位趋势发展，海域面积远远大于陆域面积的珠海，显然不甘于"小打小闹"。

1988年11月，经过五次慎重选址的深水良港——珠海港，被确定在高栏列岛建设，与之配套的大电厂也同时启动。

1997年11月，《珠海港总体布局规划》正式通过国家审查，珠海港被确定为我国华南沿海的主枢纽港之一。到2007年，珠海港港口吞吐量完成3712万吨，集装箱吞吐量完成63万吨。

1989年，依托港口开发，珠海市吹响了开发西部的号角，提出了"大港口、大工业、大经济、大繁荣"的战略决策。

直到很久以后，人们依旧能从珠海正在实施的"工业西进、城市西拓"战略中，看到几十年来，一座港口对于一个城市深远影响的清晰脉络。

海上运输特性，决定了港口必须具备大进大出的运输能力，铁路无疑是港口向经济腹地纵深连接的最佳方式。

1997年9月，国务院正式批准广珠铁路动工。此后又经历了10年等待，2007年9月，珠江西岸各城市热切盼望的广珠铁路终于复工。

如果说，机场、港口、铁路等命脉工程是建设特区所必须具备的现实基础条件，那么，建设伶仃洋大桥的构想就多少有些浪漫色彩，也让人们着实领教了梁广大与众不同的胆识。

最早建伶仃洋大桥的设想，是为了更便于与香港合作。由于受珠江口的阻隔，没有航运时，每个集装箱绕经广州到香港，要花费6000多港币，后来有了虎门渡轮，也要3000多元，而且需要一天时间，费时费财。

一座大桥把两个特别行政区、两个经济特区连在一起，同时又打通了国家沿海高速公路大动脉，对珠海乃至整个珠江三角洲发展，都产生了重大影响。

1989年2月，在珠海举办的春节外商联谊茶话会上，建伶仃洋大桥的设想被公布。社会各界哗然，人们纷纷认为在宽阔的珠江口建设一座全长53公里，造价超过100亿元的庞然巨桥，只是梁广大放的一颗"卫星"。

但政府的决心非常坚定，从这年的5月起，珠海市政府即按基建程序全面开展大桥筹建工作。此后历经9年的执着上报请批。1997年12月底，国家计委正式批准珠海伶仃洋大桥项目立项。

港珠澳大桥拟于2009年动工，建成后将成为香港、珠海、澳门经济大道。

此后，由于诸多因素，伶仃洋大桥最终未能建成。但这个跨越的梦想，却始终萦绕在人们的心中。该大桥的建设依然是粤港澳三地积极争取建设的重大项目，只是大桥的名字成了港珠澳大桥。

此后，尽管珠海的现代化交通网络还有待完善；尽管珠海的铁路梦刚刚照亮现实；尽管珠海的大桥梦依然需要耐心等待，但是，自2000年以来，从广东省两任省委书记对珠海提出的要求，到国务院对珠海城市发展总体规划的批复，珠海一直被定位在"区域性中心城市"的地位上就足可以说明，这些建设周期动辄数年、规模宏伟、牵动全局的命运工程，对一个城市成长的深远意义，却随着岁月的打磨越来越显重要，也正因为有了这样的"厚积"，珠海必将会在不久的将来，给世界一个精彩的跨越。

兴业公司让安全玻璃走向世界

从广州到珠海的百里长街，平坦宽阔的马路，把数十个县城、乡镇连成一体。多姿多彩的民居、别墅，大群小群的高层建筑，厂房、宾馆、商店、舞厅，夹路绵延，鳞次栉比，在富于时代色彩的序列中显露出动感……

动感是由动点构成的。动点是无数行进着的甲虫般的汽车。

李超亮当时是珠海经济特区兴业公司副经理。一天上午，他同经理林社术碰上一个产品名称"安全玻璃"，二人颇感新鲜。

某兄弟公司把这项目"让"过来，说珠海经济特区乡镇企业局希望能立项生产。

时任乡镇企业局局长的徐刚毅早些日子看红头文件，得知中央交通、公安、建材部门通知，我国汽车工业要用安全玻璃，正准备立法执行。

外表庄重、严肃的徐刚毅，脑筋却活跃得很。几经思索，忽发奇想，他已经看到了大汽车厂标致、大众……从珠海经济特区汽车安全玻璃生产基地，源源运出优质产品的热闹壮观场面。

机不可失，只争朝夕。徐刚毅向某公司推荐了这个项目。他说，这是个不可错失的机遇。然而，某公司决策者的思路有些古怪，认为机遇时时有，困难何其多！

然而，林社术、李超亮则从中看见徐刚毅独到的眼光，满腔的热情。于是，林社术、李超亮他们开始研究安全玻璃的潜在市场，他们被耀眼的前景刺激得睡不着觉。

"中国需要多少汽车？每部汽车都装上安全玻璃，这不是个天文数字？"李超亮半夜梦回，脑子里也闪烁着色彩缤纷的安全玻璃。李超亮就这样抓住了一个送上门来的机遇。

时光流转，节序变化。4年之后，李超亮带领一班人走进香港的警察实弹试验场，健步登上看台，屏息谛听，等待一个不寻常的时刻。

兴业防弹玻璃同来自英美日等世界16家玻璃企业产品一起，并列成靶，经受检验。这检验实在非同小可。那射弹枪的厉害，是李超亮无法想到的。那射弹枪被指定用我国红星54手枪，弹透三本厚达10厘米电话簿而余力未消，比一般手枪胜出3倍！

三声枪响，弹无虚发，兴业安全玻璃背面平滑如镜，表现出优异的坚韧度。54手枪声的震波，带着兴业安全玻璃的名气，在海外市场远播。

李超亮一时间成了安全玻璃买主四处寻觅的对象，连安全玻璃大用户香港马会也盯上了。

然而，在4年前，李超亮手边还没有一片安全玻璃。

"乡"号的兴业这艘土航船,要勇闯科技大海的决心,倒四处传开了。这些名气竟招来了一位安全玻璃技师。

兴业人以珠海特区人特有的对高科技的热情,外搭"乡"姓独备的谦虚,使技师的生活工作条件达到了分外的特区标准。随着数以吨计的合格玻璃在烈火中"粉身碎骨",自己也失掉了"安全感"!

李超亮的心如烈火烧灼,他明白,自己是被人引向"坚硬的大海"了。

李超亮重起炉灶,第二次起步,组织了兴业钢化玻璃组。钢化兄弟们放开手脚,开通了包括国家建材局汽车玻璃研究所在内的多渠道技术讯息来源。汗水、膂力加上智慧、勇气,失败是以千次计算的。然而兴业人始终雄心勃勃,义无反顾。

李超亮和兴业"钢化"兄弟,在20世纪90年代中华大地的南方,恃经济特区的环境,以散发"乡"味的条件,在高科技领域实现了罗逊塔尔效应。

1988年夏天,兴业钢化玻璃产品终于通过鉴定,被批准为我国第一家生产替代进口产品的企业。然而,到1989年,李超亮他们又面临两大难题:银根吃紧,贷款无门;生产技术跟不上众多型号产品的市场需要。

然而,机遇又一次来了。20多位"钢化"兄弟同李超亮心心相印,认定现时的困难形势,正是打好基础的机会。领先一着,着着领先。

李超亮这一步,用的是渔翁撒网的方法,把自己的手尽量伸长，把眼光投向更广阔的地方，世界著名的安全玻璃生产企业，全在视野之内。他们市场考察人员的足迹，在国内外广泛撒开。兴业技术神经伸到了北欧的芬兰。

"钢化"兄弟的眼光，一边瞄准芬兰夹层玻璃热弯炉，一边瞄准天津国际租赁公司的钱包。牙关一咬，信心十足，一条生产线引进到珠海经济特区。在最困难时刻投入贷款 120 万美元，几乎豁出了老家底。支撑这重大决策的柱石，是远见、勇气和对"乡"字号兴业高科技化充满的信心。

李超亮和"钢化"兄弟们，要从那条生产线汲取自己需要的东西，融会已有的技术经验，独立设计、施工，拿下大板面夹层安全玻璃生产线。

用珠海市乡镇企业局副局长虎润坤的话说，就是"用自己的技术，自己的设备，赚'老外'的钱"。

在 1991 年全国高新技术产品展览交易会上，兴业产品 3 毫米超薄型双曲面电加温安全玻璃，在上千种产品中荣夺金奖。大板面夹层安全玻璃生产线宣告成功。

徐刚毅、虎润坤、李超亮在热闹的人群中，听到了省市领导人的赞誉：

这条生产线是兴业的骄傲，珠海的骄傲！

在北京国际汽车产品展览会上，著名的美国福特汽车公司玻璃专家 K 先生，来到兴业展品铺位，再三审视后说："我这次来中国的目的是寻求技术出路。想不到中国已能生产这么好的安全玻璃了！"

1991 年，兴业成为广东省第一批命名的高新技术企业。至此，兴业已有 5 个玻璃产品，在华夏安全玻璃行业中，打出了自己的新天地。两个属替代型（替代进口产品），3 个填补国家空白。

其中，电加温除霜雾安全玻璃，被列入广东省"火炬"项目。大板面吸收紫外线夹层玻璃，被列入国家"火炬"项目。

兴业的道路，必须是一鼓作气，劲弩强弓，多举多捷。望而却步，或者犹豫缓步，则机会错失，优势易手。

兴业人的头脑神经清醒得很。他们认准目标，让航船驶进"国际水道"，即按国际惯例运作的集团化公司。

兴业迈向股份制。它的大动作之一，是与美国 AIRCO 公司签订合同，该公司 10 年内，提供技术保证，兴业安全玻璃将拥有国际领先优势。

兴业取得了珠海市兰埔工业区黄金地段 4 万多平方米土地，投资 2 亿元，兴建兴业广场建筑群，使这个高科技企业在房地产方面伸出了长足。

广东省发展银行、珠海国际信托投资公司、广东省发展银行珠海分行三大金融机构，相继成为这个"乡"字号企业的股东。

珠海国际信托投资公司总经理、珠海特区金融专家陈光弟竟看中了兴业的"乡"味，当了它的副董事长。

珠海特区兴业安全玻璃股份有限公司，严格按规范化运作，在珠海50多家股份制企业中，备受赞赏，被先行批准为社会募集公司。

兴业勇敢地让"网箱"养起"海鱼"。办法简单，就是大胆地"放"，把"网箱"放到"海"里。责、权、利、人、财、物，都放到全心为兴业服务的专家们心里、手中、肩上。

玻璃彩印专利权所有者，一位至今不愿把姓名披露报端的C先生，婉谢了百万元买此专利的巨款，循着新闻讯息，把自己的技艺，送到了兴业。

当今世界印刷技术、纸张彩印、布帛彩印，已至以假乱真境界，而玻璃彩印，则中外未有。C先生在兴业"大海"里纵情闯荡，大显身手。

8个月后，玻璃彩印基地胜利投产。人类印刷术发明者的祖国，又向新印刷技术领域迈开了一大步，为兴业安全玻璃大花园增添了新花。

C先生说："我就留在兴业了！"至今，"留在"兴业的专家已有来自海内外的80多位。他们中，有机械专家、自动化专家、镀膜专家、外语专家、化工专家、机器人专家……兴业有浩浩空间，任由专家们大展身手，驰骋翱翔。

一天，在邓小平1992年南行广东曾经视察过的一座高层大厦里，李超亮办完公务，在大回廊匆匆走过。

途中，李超亮被一位大个子"老外"拦住了。他向李超亮递过来一只盛满啤酒的杯子。"OK！"他说着，显得十分高兴。

"老外"是一位在美国玻璃行业颇有声誉的镀膜专家，现在受雇于兴业。他热情地向李超亮祝贺，兴业安全玻璃产品取得了美国标准认证，为进入美国拿到了"绿卡"。兴业安全玻璃，同时还取得了日本标准认证、澳洲标准认证，还有欧洲标准认证，取得了走向世界的"绿卡"。

李超亮的眼睛注视着外国玻璃深加工大企业的大跨度车间。兴业也要有那样的大车间。这是生产的需要，是高质量产品的母腹。

李超亮找到了空军网架施工企业，找到了北京人民大会堂的设计者之一、我国钢铁结构的著名专家李云教授。兴业动工兴建72米跨度的大车间，为"乡"字号企业添了光彩。

兴业的动作受到我国各汽车生产公司的关注。广州标致、上海桑塔纳与之协议，成为配套厂家。200号型、1000多种规格的兴业安全玻璃产品，源源流向国内汽车厂、汽车修配厂，流向澳大利亚、英国、美国等几十个国家和地区。

兴业，成了中国安全玻璃行业的骄傲。

金鑫集团成为经济特区商界新星

1992年初，已过知天命之年的胡长顺来到珠海，担任了金鑫实业开发公司的总经理。

当时，公司只有6个人，从公司员工到总经理都以自行车为交通工具，除去价值60万元的一套住房外，金鑫只有100万元自有资金。区区100万元如何去做大生意？

面对这种情况，胡长顺使出了他的招数：借鸡生蛋，负债经营。他设法从各方面借进了上亿元的资金，组织了近30万吨的钢材，之后他一笔一笔地调度，用活了这笔资金，叩开了大市场。

1993年七八月间，全国冷轧板、镀锌板、镀锡板滞销，厂家和经营单位竞相削价抛售。但是，金鑫的决策者凭着自己的预测，果断地购进了2万多吨。半年之后，这些产品着了魔似的一涨再涨，价格直线上升。此举，既使金鑫获得了较好效益，又帮助钢厂解决了困难。

1994年下半年，某钢厂积压了大批油桶板，价格较低，连钢厂自己都认为这种材料在短期内不会俏销。

但是，金鑫的决策者却"嗅"出了它的前景，一下子购进4万吨。果然，时间不长，油桶板市场回升，价格上扬，金鑫一时成了国内拥有油桶板为数极少的大户之一。

1995年初，公司领导班子研究库存问题时，有人认为市场可能还有转机，可稍缓压缩，有人则认为应及时推销，但价格降幅不宜过大。

胡长顺经过充分权衡之后，果断决定，各分公司可采取有力措施，大幅度推销库存。结果，在三个月内推销库存达7万多吨，此举盘活了资金，赢得了主动权，并为1996年销售额创历史最高水平，打下了基础。

金鑫人又一次尝到了甜头。

商场如战场，金鑫人抢先一步，出奇制胜。商场毕竟不是战场，当效益和商德不能兼顾之时，金鑫人毅然选择了后者。诚信为本，把供需双方都吸引到金鑫公司。"有生意乐于和金鑫做，有生意敢和金鑫做"，一时成为商界美谈，为金鑫带来了巨大的有形和无形的财富。

金鑫采用何种机制？胡长顺在企业起步伊始，就明确提出："实行目标管理。"胡长顺认为，承包经营，虽然可以调动员工的积极性，但随之而来的是，企业有限的资金分散了，企业经营的决策权力分散了，企业管理的难度加大了。一句话，原本有一定实力的企业，被分割成"小股部队"，虽然也可取胜，但只能是小胜。

而目标管理，既可调动员工的积极性，又有效地规避了承包制带来的弊端，做到资金相对集中、决策相对集中，利于推行现代企业管理。在市场激烈竞争中，可集中优势兵力打规模战、歼灭战。

几年来的实践，印证了胡长顺当初选择的正确。通过层层下达指标，与一个个数据指标、一叠叠体现奖惩的制度挂钩的"利益"，体现的是"目标"本身所包含的事业的挑战性和成就感。正是采用了目标管理，使金鑫销售额实现了惊人的跳跃：由第一年的5亿元，迅速达到1996年的21亿元。

对于金钱，胡长顺有着自己的理解：人在具备了一定的物质生存能力之后，物质的享受与自我价值的实现相比，与自己追求的事业相比，就变成了第二位的东西。

胡长顺说："有些人到特区来是为了金钱，但我要求金鑫员工事业第一，金钱第二。"要求员工做到的，胡长顺首先做到了。

1993年，鉴于金鑫的特殊贡献，珠海市政府重奖公司领导班子60万元。可胡长顺和两位副总一人只拿了5万元，剩余45万元全发给职工。

1994年，市政府又奖给胡长顺6万元，他依然把这笔钱作为去年上半年奖金发给了职工，自己只拿了2100元。

在胡长顺严于律己、率先垂范的作风感染下，公司员工把自己的前途与公司的命运紧紧地连在一起。4年间，金鑫公司共实现销售额60.79亿元，人均年创利税达30万元。

珠海向生态文明经济特区迈进

几十年的风雨兼程,珠海经济特区从昔日的小渔村,已发展成为一个现代花园式海滨城市,实现了人口与环境、经济与社会的和谐发展,正在向生态文明新特区和科学发展示范市的目标迈进。

位于珠海市情侣中路的珠海渔女雕塑,是珠海经济特区的标志。这座特区成立之初设立的雕塑,见证了珠海经济特区成立以来的辉煌与荣耀。

1980年,全国人大常委会批准成立深圳、珠海、汕头、厦门经济特区,从此拉开了珠海经济特区的发展序幕。

2007年,珠海经济特区实现地区生产总值从1980年的2.6亿元,增加到895.9亿元,人均生产总值6.1万元;工业总产值也从2.3亿元,增加到2418.7亿元。经济实力明显增强,人民收入显著提高。

2007年,珠海经济特区城镇居民人均可支配收入1.9万多,外贸进出口总额398.69亿美元,金融机构各项存款余额1388亿元,各项贷款余额683.2亿元。

截至2007年底,珠海拥有外资企业4395家,世界500强企业有30家在珠海投资发展。

从2007年起,珠海全面实行12年免费教育和"大病统筹救助、中病进入保险、小病治疗免费"的全民医保制度以及免费婚检、孕检。

为特区作出贡献的外来务工人员，也被纳入医疗救助范围，外来女工可享受免费孕检，改革开放的发展成果正在逐步惠及全社会。

中央党校的教授蔡长水说：

每一个特区都取得了翻天覆地的变化，所以建立经济特区这个决策，毫无疑问是非常正确的，而且对推进我国经济社会发展，起到了一个榜样的作用，起了一个很好的带头作用。

我们要坚定不移地把经济特区、把改革开放继续搞下去。

珠海按照科学发展观要求，朝着建设生态文明新特区、科学发展示范市的目标不断前进。

珠海市委党校副教授甄欣认为，在新的历史条件下，在新的历史起点上，经济特区应该继续地发挥它那种敢为人先、改革创新的特区精神，在推动科学发展方面起到它那种试验田、排头兵的作用。

跨境工业区促进两地发展

2003年12月9日,珠澳跨境工业区在澳门青洲正式奠基。

澳门特区经济财政司司长谭伯源,在奠基典礼上致辞说:

> 跨境工业区是珠澳、粤澳经济合作的一项重要成果,标志两地合作已经进入一个新的阶段。

在碧波荡漾的濠江两岸,珠海与澳门多年来就像两个亲兄弟一样,双方社会经贸联系频繁,交流密切,相互支持。

从20世纪80年代中期开始,珠海人就有效地利用好了澳门这个"窗口",在澳门设立公司企业,参与澳门贸易、旅游、工业及基础设施建设,并由此走向了世界大舞台。

珠澳双方的合作从初期单向投资,发展到双向合作,珠海在澳门的投资领域,涉及旅游酒店、进出口贸易、地产建筑、基础设施建设等多个方面。

珠海1600多平方公里的丰富土地资源、大量来自内地的高素质专业技术人员、长达 700 多公里的海岸线和良好的港口、交通和城市基础设施，为澳门提供了物流市场和延揽八方来客的通衢。

澳门还依靠国际自由港地位、与欧盟与葡语世界之间的特殊关系和广泛的国际信息网络，为珠海提供了走向世界，尤其是欧盟地区的"大窗口"。

由于横琴口岸的开通，澳门知名商人吴福牵线引进了台湾潜氏企业，投资兴建粤澳合作、珠澳合作项目东方高尔夫体育世界。

这个项目用地593公顷，首期投资1.5亿元，建设高尔夫球场、网球场、羽毛球场、室内体育运动场馆和水上运动中心等相关会所和餐饮、体育用品专卖店。项目完全建成后，横琴形成一个颇具规模的体育度假休闲胜地。

在与澳门仅一水之隔的湾仔，澳门这个大市场带旺了湾仔的鲜花产业。来自各地的鲜花，从这里经湾仔口岸码头运往澳门销售，年出口额470万港元，在澳门市场上占有70%的份额。

跨境工业区，顾名思义是"跨境"，即由珠海伸到了境外，即澳门。珠海园区与澳门园区之间，只有一条15至30米宽的狭长水道相隔，通过兴建桥梁开设专门通道连接。货物从珠海园区进入澳门园区就是离境，反之就是入境，园区内无论在形式上还是实质上，都成了零距离接触。

珠澳跨境工业区，利用独立的世贸组织成员和关税区的地位，发挥珠澳两地的优势，重点发展纺织品服装出口加工业，并吸纳服装设计、物流、展览等相关配套产业，逐步将该区建设成为区域性时装中心，成为珠澳合作的有效载体。

　　这一项目的建设，推动了珠海与澳门的优势互补，并充分发挥了澳门作为独立关税区和自由港的优势，以及广东、珠海的制造、技术、人才和低成本优势。进一步推动两地加工制造、基建、旅游、商贸等领域的更紧密合作，对两地产业分工和合作，澳门工业适度多元化，促进两地共同繁荣发展，都有着十分重要的作用。

珠海坚持可持续发展之路

在城市发展的道路上，珠海在多年前就已经坚定不移地选择了可持续发展道路。

在"环保"还不为国人所熟悉之前，美丽的海滨城市珠海就以拥有"可以直接罐装出口的清新空气"而闻名。多年来，珠海始终将环保放在经济发展的首位，绝不以牺牲环境作为经济发展的代价。

经济学家认为，珠海已经拥有了丰厚的环保积淀，这为整个城市的可持续发展，创造了坚实的基础条件。

同时，专家也指出，在珠海可持续发展基础形成的过程中，决策支持能力和社会支持能力贡献非凡。

对于可持续发展的理念，珠海接受得非常早，做到了意识先行。珠海以"生态强市"为目标，使区域环境向绿化、美化、净化、活化的可持续的生态系统演变，为社会经济发展建造良好的生态基础。

珠海市委、市政府，同时也注重培养社会对于可持续发展的支持力。尤为突出的是，创建绿色社区，即自主建立并长期保持社区环境管理体系和环保公众参与机制的社区。

其硬件建设包括：绿色建筑、社区绿化、垃圾分类、污水处理等。

软件建设则指：建立社区环境管理体系和公民参与机制。社区以居民的生活小事为切入点，提倡节水、节电、垃圾分类、在家中少用一次性物品，进行绿色消费等，提高居民的城市持续发展意识。

珠海的重化工业发展势头迅猛，作为全国闻名的环保城市，珠海搞石化尤其是重石化，在大多数人看来，这是很容易带来污染的，影响珠海美丽形象。对此，珠海十分重视，通过规划先行和严格环保标准，确保珠海环境质量不受影响。

2001年，珠海通过国际招标，编制珠海石化产业基地总体规划。通过招标，选择国内甲级环评单位编制临港石化基地环境报告书，把环境保护纳入规范管理和日常工作中来。

对石化基地主要污染源：废水、废气、废渣和噪声，规划明确规定通过提高水的重复利用率，选择恰当的生产工艺和设备等方式治理废水；通过生产过程中加强管理和排放过程中的扩散稀释，减少废气污染；通过综合利用，焚烧和填埋治理废渣；通过安装消声装置和分散布置、设置隔声建筑物等方式治理噪声。

BP珠海化工有限公司PTA（精对苯二甲酸）项目为最大限度降低污染，主动修改了规划设计，将燃料由原来设计的燃油，改为以液化气做燃料。并投资3000多万美元，建设工业废水生化处理等环保装置，确保了该项目排放标准高于国内环保标准。

珠海粤裕丰钢铁项目首期产品，虽然主要是生产建筑用材料的坯料，却拥有国内同类企业较为先进的生产技术，主要生产设备都是由知名企业专门定制。

公司董事长林广明表示，珠海的这个钢铁公司，会在10年内发展为大型节能环保型的现代化钢铁联合企业。钢铁技术已发展为大规模、洁净化、技术高度密集、可持续发展的现代工业，烟灰、废水及有害气体，可以得到有效治理。

林广明他们的环保目标，就是为珠海这座美丽的海滨旅游城市增添一个工业旅游景点。

在珠海，多年来已聚集了相当一部分节能环保企业，他们通过技术改造和产品服务，让一些单位获得了较好的节能效果。在带来显著经济和社会效益的同时，一项朝阳产业正在珠海形成。

在银都酒店，工程部的技术人员说，通过珠海查理节能环保公司的改造，现在已被替换成冷热水机组。

时任珠海银都酒店工程副总监的吴新贵说："原来是用锅炉来加热热水，现在就直接用制造空调冷冻水的时候，同时产生热水。"

珠海查理科技节能环保公司工程师范健华说："常规的中央空调，主要是通过冷热塔把热气给排放掉了。这个冷热水机组主要的特性，就是通过把中央空调的废热进行回收，来换取免费的热水提供给酒店使用，从而替代他的锅炉，他的锅炉完全不需要再开了。"

节能技术改造后，酒店在这方面的投入和支出可以减少30%至50%。

珠海银都酒店工程副总监吴新贵说："这一举措对我们大概产生了30%的节能量。"

在2009年2月，广东省共有7家企业获得了亚洲银行关于能效电厂的第一批项目的贷款，珠海的查理和华力通两家公司，分别获得了1000万元的资金支持，这些资金主要用于节能技术的改造和服务。

文化产业成为发展新空间

如何在保护环境的前提下,实现经济的跨越式发展,成为摆在珠海面前的一个重大而紧迫的课题。

珠海可谓是珠三角最具文化底蕴的城市之一。珠海不仅涌现了容闳、唐绍仪、唐国安等许多近代历史名人,而且,珠海还拥有中西交会、南北荟萃、海纳百川、开放兼容的多元共存的移民城市文化。一大批文化人才长期在珠海定居,如胡松华、庞学勤、萨仁高娃、文征平、吴齐等,也提高了珠海的文化品位。

可以说,一大批珍贵的文化资源、日趋成熟的文化消费市场,还有适合文化产业发展的社会自然环境和毗邻港澳的地缘优势,业已成为珠海发展文化产业的底气。

在中国文化产业发展刚刚起步之时,珠海人希望再次抢占先机。

黄晓东说,珠海未来几年的文化产业的蓝图是"六大产业,两个产业园,三个产业基地"。

六大文化产业是:传媒业、印刷复制业、文化艺术服务业、文化休闲服务业、广告与会展业、动漫产业。

两个文化产业园:一个是由教育部高等教育出版社投资39亿元在唐家湾兴建的"南方文化产业园",另一个产业园计划落户金湾,在2平方公里的园区中重点发展印刷及相关文化产品制造业。

珠海还要成立美术品创作交易基地、动漫游戏基地和文化设备制造基地。

此时，动漫产业已被作为珠海重点发展的高新技术型文化产业，在《珠海市"十一五"文化产业发展规划（草案）》提出，到"十一五"末年总收入达到3亿元。

未来几年，珠海还计划建立公共技术服务平台和产业"孵化器"，加大对有潜力的动漫产品开发企业的扶持，对原创作品采取适当的财政、税收和信贷等鼓励政策。借助大学园区高等教育的优势，建立动漫学院和设立高水准的人才培训机构，鼓励有条件的中小学开设漫画、雕塑或制造模型及电脑动画设计等课程。

文化产业快速健康发展，离不开政府的引导与扶持。珠海市政府着力出台相关政策和措施推动文化产业的发展。

珠海市政府鼓励和引导民营资本进入文化产业。珠海在群艺馆、拱北影剧院、数字电视、私人博物馆等项目上，大力引入民营资本，逐步形成以公有制为主体、多种所有制经济共同发展的文化产业格局，以提高全市文化产业的整体实力和竞争力。

与此同时，珠海已经完成了《珠海市"十一五"文化产业规划（草案）》。市里还会充分征求和听取专家对珠海文化产业发展的意见，从而制订出更加切实可行的发展规划。市里还加紧制定和完善《珠海市文化体制改革配套政策》《珠海市促进文化产业发展若干规定》等法规和扶持政策。

珠海还成立了珠海市文化市场综合执法大队，并拟《珠海市文化综合执法实施条例》，为文化产业的发展营造良好的政策环境、法律环境和市场环境。

时任市委副书记、南方文化产业论坛组委会副主任的王广泉表示，计划在2010年珠海文化产业产值占生产总值比例达到8%，把文化产业打造成珠海的支柱产业。

当前，珠海正面临着一个新的经济发展机遇期，而作为朝阳产业的文化产业，则给了珠海一个新的经济发展空间。

珠海走上科技创新发展之路

2000年10月30日,中共中央政治局委员、广东省委书记李长春,充分肯定了珠海市"大办实业经济,提高经济结构质量;大办大学园区,集聚科技创新资源"的经济发展思路。

李长春还为珠海经济的今后发展定位:

> 创建以信息技术为龙头的高新技术产业基地、有较强吸引力的产学研基地、高附加值的产品出口创汇基地;建设现代化区域性中心城市。

规划面积420万平方米的珠海南屏科技工业园,实施"一个窗口,一站式管理,一条龙服务",改过去"招商与基建并重"为"招商与服务并重"。截至2001年,该工业园引进项目140多个。

珠海是被公认为最适宜发展软件的城市,软件企业纷至沓来。到2001年,珠海IT业中专门从事软件开发、研究、销售或信息服务的企业约490家,已获国家认证的软件企业达78家。

1999年,珠海软件产值7亿元人民币。2000年,软件产值增长到10亿元人民币。按照2000年全国软件总产值238亿元计算，仅123万人口的珠海市，在全国已占到4%强的份额。

2001年8月，珠海成为最新确立的11个国家软件产业基地之一。

2001年，有100多亿美元的外商投资项目涌入珠海，世界500强企业有30家落户珠海。珠海人终于实现了"绿色财富"与"金色财富"同步增长的目标。

而自开展学习实践科学发展观以来，珠海高新区坚持边学边改，按照"围绕产业建新城，围绕企业创环境，集中生产要素突破软件和集成电路产业发展"的目标，继续解放思想，突出抓产业发展，凸显特色，大力发展以软件和集成电路设计产业为主的高新技术产业。

经历洗礼的珠海，正展开逐步坚实的翅膀，向现代化的目标腾飞。

本书主要参考资料

《创办珠海特区五年的回忆》吴健民著 广东人民出版社

《春天的故事》徐明天著 中信出版社

《突破：中国特区改革启示录》董滨 高小林著 武汉出版社

《大突破》马立诚 中华工商联合出版社

《经济特区的建设》梁川主编 中国文史出版社

《跨越历史的围栏：特区建设启示录》林勋准主编 军事科学出版社

《中国经济特区建设的回顾与前瞻》何佳声等著 鹭江出版社

《珠海经济特区好》周叔莲 卢国英主编 中共中央党校出版社

《邓小平与珠海经济特区》叶庆科 李润枝著 中共中央党校出版社

《中国经济特区的建立与发展（珠海卷）》中共珠海市委党史研究室编 中共党史出版社

《中国经济改革30年》王佳宁著 重庆大学出版社